大唐诡事录

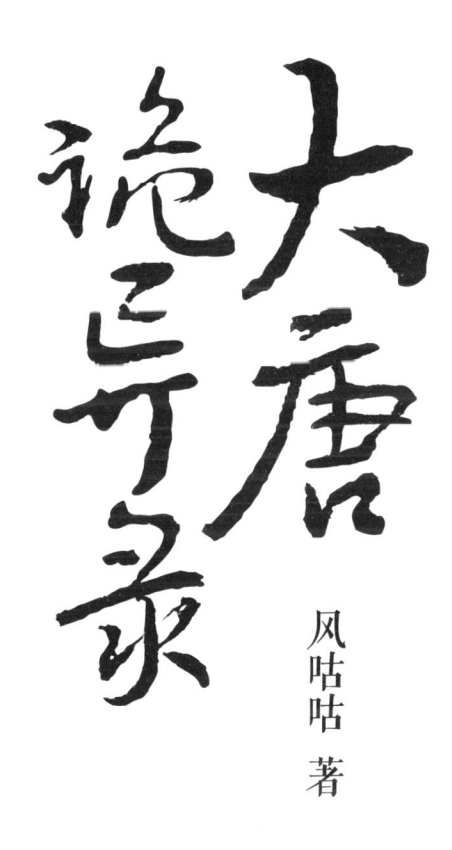

风咕咕 著

辽宁人民出版社

© 风咕咕　2025

图书在版编目（CIP）数据

大唐诡异录 / 风咕咕著. -- 沈阳：辽宁人民出版社，2025.1. -- ISBN 978-7-205-11285-1

Ⅰ．I247.5

中国国家版本馆 CIP 数据核字第 20244N4186 号

出版发行：辽宁人民出版社
　　　　　地址：沈阳市和平区十一纬路 25 号　邮编：110003
　　　　　电话：024-23284191（发行部）　024-23284304（办公室）
　　　　　http：//www.lnpph.com.cn
印　　刷：天津光之彩印刷有限公司
幅面尺寸：145mm×210mm
印　　张：7.5
字　　数：158 千字
出版时间：2025 年 1 月第 1 版
印刷时间：2025 年 1 月第 1 次印刷
责任编辑：赵维宁　刘芮先
封面设计：乐　翁
版式设计：一诺设计
责任校对：冯　莹
书　　号：ISBN 978-7-205-11285-1
定　　价：49.80 元

目 录

楔　子 001

第一章　李杜汇 002

第二章　吞人兽 027

第三章　寻仙记 084

第四章　河神咒 104

第五章　凤王丹 157

第六章　登龙术 199

尾　声　天姥书 228

楔　子

天宝三载（744），夏。

夕阳西垂，一抹挣扎的微光隐没在留白的天边。

洛邑城门紧闭，身着明光甲的武侯们威武地守在城下。

远处，一辆裹着尘土的马车晃晃悠悠地驶来，头裹无脚幞头的车夫不知轻重地叩打着厚重的百年城门。当班的武侯举起锃亮的无环刀刚要发威，马车的青布帷帐内传出醉醺醺的声音："名花倾国两相欢，常得君王带笑看。解释春风无限恨，沉香亭北倚阑干……"

青布的粗纹微微晃动，露出一角绣工平整的鱼袋，紫金闪闪的鱼鳞光芒盖过了嗜血的刀刃。

"难道是？"武侯脸色一紧，疾风般地跑向巍峨的阙楼："快开城门——"

第一章　李杜汇

行路难·其一

【唐】李白

金樽清酒斗十千，玉盘珍羞直万钱。
停杯投箸不能食，拔剑四顾心茫然。
欲渡黄河冰塞川，将登太行雪满山。
闲来垂钓碧溪上，忽复乘舟梦日边。
行路难，行路难，多歧路，今安在？
长风破浪会有时，直挂云帆济沧海。

第一章　李杜汇

1

定鼎门附近坐落着两个里坊，分别为明教坊和宁人坊，两个街坊曾经水火不容，矛盾之源是一口井——仁井。仁井本是一口废弃多年的古井，却因为井水是长生不老药——"凤王丹"的药引子而化腐朽为神奇。

有人说仁井归明教坊，有人说仁井归宁人坊。两个街坊的百姓争得口干舌燥，打破了脑袋，好在谁也未见过"凤王丹"，矛盾尚且可以调解。

直到半月前，神都洛邑出现怪病。殖业坊的郭家男女老少十六口人用餐后，皆口齿流血不止，五官狰狞，血亏而亡。此怪病似春季九洲池上飞扬的柳絮，风过之处，无一幸免，更无一生还。

南市、北市、西市数十家药馆都束手无策，大姓人家请来了长安城义诊堂的郎中，依旧毫无头绪。更有传闻，连郎中也染病身故了。一时间，洛邑城内人心惶惶。

也许是机缘巧合，也许是天无绝洛邑百姓之路，凤王酒肆的老板凤娘从西域得到神药"凤王丹"，配以仁井之水便可救命。因此，"凤王丹"价值千金，仁井的救命水更是弥足珍贵，无病之人也想喝上几口，保平安。

自此，明教坊和宁人坊再也无法维持表面上的平衡，几乎到了拼命的地步。

"谁不想活命？"天津桥重楼的说书人三郎脸色一凛，手指一捏，清秀的相貌和轻盈的身姿引来宾客们的满堂喝彩。

"好——"

突然，三郎如玉的五官竟流出丝线般的鲜血，一毫一厘地渗入白皙的肌肤。转眼间，那殷红的血线仿若胡女弹奏的琵琶弦，柔韧而刚，生生勒住那张扭曲而干瘪的脸。

"啊——"三郎发出锥心的号叫，脸颊已被锋利的血线割成无数模糊的碎块，血气飞溅。那些被溅到的宾客好像泥沼里砍不烂的水蛭，惊慌失措地四处逃窜，却无法逃脱夺命的血线。

清雅的茶楼变成生死轮回的修罗场，充斥着一张张剥落的脸皮和一副副阴森的白骨。

"快去找凤娘。"逃命者蜂拥而去。

角落处，身着半旧黑色长袍的杜子美稳稳地端起缠枝牡丹花盏，一滴鲜红的血飞入盏内。瞬间，那血滴在温润茶色的包裹下，消失得无影无踪。

"一枝红艳露凝香，是怎样的红？"杜子美沉寂地放下花盏，盈满赤色的瞳孔转而化为墨色，"谁不想活命！"

一个时辰后，凤王酒肆座无虚席，饕餮古兽的香炉内燃着安神的玉松香，辛辣清凉的香气从饕餮镂空的双眉、双眼、双耳、口鼻处袅袅漫出，暂时安抚着那些求药救命的"白骨脸"。

杜子美依旧坐在不显眼的角落，不动声色地观察着满屋的枯枝残花和围观的宾客。

相邻座席的客人穿着不良人的官袍，虽佩剑，却掩藏不住满脸稚气，应该是偷偷跑出来看热闹的官家孩子；主位座席的客人是位穿长袍的老者，自带的银酒具价值不菲，那是南市的粟特人从西域背来的，一看就是世家出身；靠近后堂座席的客人戴着白纱帷帽，辨不出男女，身份神秘。

他，会来吗？

杜子美的眼底映着说不出的痛惜。这时，跑堂的小二头顶"阿婆清"的酒坛四处游走："莫急，莫急，掌柜的马上就到。"

"求凤娘救我儿性命！"一名年迈的老妪颤颤巍巍地行卜义手礼。

小二瞄了一眼，叹气道："救性命容易，不过，掌柜的规矩……"

"有，有。"老妪拿出贴身的连枝绣纹荷包，里面尽是金黄细软之物，其中一枚黄褐色的宝石极为显眼，宛如一只发情的猫的眼睛，小二贪婪地咂舌："这是南市金石居的硬通货，不会是偷来的吧？"

老妪摆手："不，不，这是当年我家老爷子修明堂有功，得到的赏赐。"

"甚好，我喜欢。"妖媚而放肆的笑声仿若散发肉桂香气的浓茶，久久不散，一位身着淡赭襦衫的女子在侍女的陪伴下从后堂走出。

此女虽为半老徐娘，但风韵犹存，雪白的肌肤衬着轻薄摇曳的石榴花裙。一步一摇间，头上的蜻蜓簪子翩翩欲飞，手腕上的红绸带飘逸妖娆，更是添了几分神韵。侍女年纪尚小，梳着双髻，双手捧着如凝脂般细腻晶莹的白玉净瓶。

"凤娘救我，救我。"大津桥重楼的说书人三郎冲动地伸出双臂，乱扑着，"救我。"

"好啦，念在你我相识一场。"凤娘从暗袋里拿出一只磨得发黑的铜兽龟，龟身半个手掌大小，小龟拱着小嘴，眯着眼，犹如蓬莱仙岛的灵物。

只见凤娘将铜兽龟放入掌间，压在错乱的掌纹上，纤细的手腕轻轻一抖，那缕红绸燃成璀璨的火焰，炙热的火苗锤炼着铜兽龟。

铜兽龟在掌心火中涅槃，似乎活了起来，竟然睁开双目。

众人见此景，纷纷惊愕不已。凤娘得意地伸出另一只手："瓶儿。"侍女瓶儿立刻送上白玉净瓶。

凤娘将净瓶高悬半空，一注水流从天而降，落在火中的铜兽龟上。神奇的是，火竟然未灭，烧得更烈。

转眼间，周围下起看不清的细雨，如毛发一般。连绵零碎的水滴密集地喷落而下，屋内一片仙雾蔓延，烟雨蒙蒙。

杜子美努力地睁大双眼，狭小的瞳孔映出一个碾碎的、泛着旧的盛唐幻境：在雨水仙露的滋润下，枯败的树枝变成了展翅的飞鸟；凋敝的残花舒展着娇嫩的叶片，吐露芬芳的花蕊；"白骨脸"们贪婪地沐浴着神水，水过之处，生出娇嫩的肌肤。那晶莹剔透的水滴纷纷扬扬地散落，仿佛血腥的一切从未发生，仙境一瞬，人间一载，除去虚幻，剩下的岁月皆为苟延残喘。

"啊……"杜子美忽然感到头晕目眩，几乎站立不稳，一阵凛冽的风贴面而过，扫过左耳，随之而来的是战栗的刺痛，整个人顿时清醒。他拂过耳垂，指尖染了红。

有人在用暗器帮他？杜子美警觉地瞄着四周。稚嫩的不良人不知从何处撑起一把怪异的伞，伞柄亦是剑柄；长袍老者依旧在

第一章　李杜汇

喝酒，只是银酒盏里盛的是"仙露"；神秘人……

杜子美仔细寻找，那位戴着白纱帷帽的神秘人不知所终，待他望向门口的方向，屋内已经鸟语花香，金光闪闪。

"收——"凤娘手腕一扬，柔软的红绸卷过白玉净瓶。雨停，火灭，龟目闭，一切尘埃落定，屋内恢复世间的安宁。

耳听为虚，眼见为实，更何况经历了生死，满堂宾客皆是脱胎换骨的信徒，纷纷将随身携带的贵重之物献了出来。

檀木柜台上的牡丹缠枝托盘上堆满了铜钱、银锭、玉器、金银珠宝等，其中一个透明的琉璃瓶极为显眼，那是一整瓶的胡椒香料。琉璃稀有，胡椒更是贵重，两者同在，盖过金银。

店小二扯着嗓子吆喝："甘露之水仅可治病，想要长生不老，独有凤王丹。今日的凤王丹只有一颗，价高者得。"

"瓶儿……"凤娘将白玉净瓶递了过去，侍女瓶儿转身走入后堂。凤娘再次拿起铜兽龟，敲了几下龟壳，晃了晃，里面传出金石滚动的声音。

屋内散发出沁人的香气，引得鸟儿盘旋鸣啼，花儿收瓣闭蕊，众人更是显出痴迷依恋之神色。

杜子美眉头一紧，即将宵禁，他再不来，就要错过今晚的重头戏了。

凤娘勾唇媚笑，眼角牵起两道狭长的淡纹："太白先生曾说，仙人为我抚顶，结受长生命符，这世上难寻的凤王丹便是长生命符。"

"凤娘莫要打谜语，出价便是。"恢复玉面的三郎率先开了口。

凤娘勾起手腕，拂掠丝滑的红绸，托起铜兽龟："长生是讲机缘的，价高者未必能得，价低者未必不能得。"

"那要如何得到？"稳坐的长袍老者追问。

凤娘的眼底映过润泽的银光，解释道："说来也容易，这凤王丹是在神龟体内，经无根之火炼就。丹成，兽碎，取得辛苦。今日，我们便以射覆之法射出凤王丹的颜色，在座的诸位若有许负之能，我定将凤王丹双手奉上。"

"射覆？"堂上炸开了锅。

杜子美挺直了腰身，理过圆领的棠苎襕衫。

这时，雕花的木门撬开一条缝，融融的荧光仿似凝聚了九天银河的精华，驱赶着吞噬真相的世间尘嚣。

"好酒，好酒——"一男子推门而入，脸上挂着远行的慵懒，背后是万千的华彩。

"是他！"杜子美激动地站起来，"先生——"

男子未言，径直奔向案几上的郎官清。他拎壶而起，仰面畅饮。

"咕咚咕咚"的声音落下，男子畅快地落下广袖，洒脱道："美酒冬酿春熟，这味道比长安城的常乐坊有过之而无不及。好酒！"

凤娘眼眸一闪："好酒迎贵客，既是长安城的贵客，快请上座。"

机灵的店小二送上柔软的茵褥。男子挑起衣襟，掠过腰间的龙泉剑，坐在案几前："不必麻烦，有酒就行。"他目光瞥过素色的瓷盂："射覆……"

第一章　李杜汇

"正是。"凤娘指向铜兽龟,"保长生,射一色。"

男子淡淡地扫过,眼底滚动着华美的色调:"于覆器之下而置诸物,令暗射之,故云射覆。其实,说来也简单,将物件藏在盂内,让对方猜测。凡是射覆高手都精通占卜,汉代的奇人东方朔曾是射覆高手。到了本朝,射覆已经成为考核天文郎的考题。上自皇家,下至民间,都极为喜欢射覆。"

"说得好。"凤娘大声喊道,"那就开始吧。"杜子美急匆匆地站起来:"我先来。"

他三步并作两步走到男子的案儿前,谦恭地行下叉手礼:"河南杜子美。"

"哦?"男子微微一颤,还礼,承让。杜子美顺势坐在一旁,小心翼翼地从腰间解下一面菱花镜,又从竹纹荷包内倒出一把糖色的八棱珠。他将其中一粒珠子压在铜镜的中央。

"这是双射,龟兽对长生,长生对凤王。"

"此话怎讲?"小不良人蹿了出来,"谜底到底是什么?"

杜子美不慌不乱地夹起一颗珠子落在铜镜上:"这不是普通的兽龟,而是龙龟,属神龙之子。它背负着河图洛书,上知天文,下知地理,中和人世,护国家昌盛,佑社稷安康,为祥瑞之兽。龙龟属金,卦象有二,一为乾卦,乾为天;一为兑卦,兑为泽。"他又落下一颗珠子。

同桌的男子饮下醇厚的郎官清,瞥了一眼珠子组成的图案,顺口说道:"上一阴爻,下二阳爻,这是兑卦。"

"没错。"杜子美深吸一口气,"兑卦在正西,是太阳落山的方向,阳气衰减,阴气自上而下,为萧瑟、肃杀、从革之意。"

"那岂不是……"小不良人情绪激动地指向铜兽龟,颤抖吐出两个字,"杀、戮。"

"啊?"屋内再次陷入骚动。

"哈哈哈。"凤娘的眼角微微低垂,软绵的笑声中带着几分旖旎风情,"先生果然聪慧。"

"这只是其一。"杜子美轻轻地捡起一颗珠子,"龙龟为杀戮从革之意,射朱色。那长生却是十天干十二宫,即:甲日见亥、乙日见午、丙日见寅、丁日见酉、戊日见寅、己日见酉、庚日见巳、辛日见子、壬日见申、癸日见卯。长生为万物生长,欣欣向荣之意。"他一边说着,一边落子。转眼间,铜镜上铺满了珠子,宛如布局的棋盘。

"长生在五行中为巳申,属水,申金生水。"杜子美的眼神停滞了一下,反问道,"凤娘,我说的对吗?"

"先生何意?"凤娘似懂非懂地抖过手腕,腕间的红绸带紧了几分。杜子美没有应答。

"哈哈——"同桌男子豪迈大笑,"水无色,可洗万物,包括杀戮之血。所以,射无!"

杜子美脸色微变:"的确如此,这本就射无。"

小不良人的情绪愈加激动:"那岂不是……"

杜子美看向凤娘,眼底浮动着点点暗芒。凤娘冷冷地扫了一眼:"先生何意啊?"

杜子美浅浅勾唇:"事到如今,还不肯说出真相吗?"

"真相?"屋内的人满脸不解,窃窃私语,"什么真相?"

杜子美看向同桌男子,同桌男子放下酒盏,从袖袋里拿出一

第一章　李杜汇

个小巧的葫芦瓶，取下宝顶盖子，一股清汪汪的水盛在石榴盘中。

"这就是真相！"杜子美缓缓道出，"你们事先将毒撒入水井，再行高价兜售解药，又故弄玄虚以长生之名贩卖凤王丹。洛邑百姓皆喜文好武，只可惜受了你们这群歹人的蒙蔽，受尽折磨，你们难道不羞愧吗？"

"哈哈……"凤娘放肆大笑，"先生真会说笑，莫非是想抢三郎的饭碗？"三郎随之附和："尔等心思难道不羞愧吗？"

"你们……"杜子美面带一丝犹豫。同桌男人却是泰然自若："既然如此，不如我饮下此水，孰是孰非，自见分晓。"他伸手去拿盘，杜子美阻拦："不可。"

小不良人跳了出来："既是清水，还是自证最有说服力。"

"对，自证清白。"焦点再次回到凤娘身上，那盘清水端到她唇边。

凤娘轻轻地抚摸着铜兽龟一言未发，褐色的瞳孔愈加深邃。寂静的屋内似乎涌动着风，就像幼年的那般。

她听不见任何声音，浑身却浸着化不开的寒冽。她只能颤抖地攥紧手中的无环刀，嗜血的刀刃模糊地映出一张惨白的脸。

黏稠的血迅速变冷，重叠地凝固在吊服的鱼鳞甲片上，那根淬毒的箭头穿透了坚硬的圆护片，生生扎进瘦弱的肋骨，钻心般的剧痛从躯干蔓延到四肢，直到握刀的指尖，仿佛强悍的铁匠抡起重重的锤，狠绝地将尖锐的钉子钉入坚硬的铁板。

她必须死死靠着身后的石壁，用更剧烈的痛来对抗渗入体内的毒素，才能保持最后一丝清醒。

那是挤满胡商和驼队的一片黄沙，那是将士们舍身厮杀的一片黄沙，那也是掩埋皑皑白骨的一片黄沙。渺小而密集的沙粒越吹越远，落在千里之外的太极殿上，砌成了九五之尊的龙椅。

同一种颜色承载着人间烟火、金戈铁马、生死离别……

更承载着无上的皇权！

"活、下、去。"她的腰间挂着玄甲军的鱼符，那是将士们拼着最后一口气，杀出一条血路抢回来的。

她摸着鱼符背面那蛛网般的脉络，狠狠地咬住唇，咸腥的血从嘴角涌出，竟没有一丝痛感。

她仿佛又回到了幼年的家。

外面下着鹅毛大雪，正堂的角落里燃烧着通红的炭火，香炉里泛着梨子的清香。她倚在娘亲的怀里撒娇，父亲慈爱地看着她们，反复地擦拭着锋利的匕首，那是送给她的生辰礼。

转眼间是满目的红，是将士们血战敌军的战场，是娘亲烧成炭骨的尸体，是父亲孤身冲入敌军的背影……

渐渐地，她的眼前晃动着一个模糊的双影儿，那是用红绸做的"鬅鬙娃娃"。

在这晚霞漫天的傍晚，"鬅鬙娃娃"闪耀着温暖的金光。

而她，却成了世上最孤独的人！

凤娘的眸色愈加深邃，清澈的水影宛若游过一丝非金非红的重彩，转瞬不见。

终于可以不用演了，凤娘轻松地抖过手腕，生生地打翻石榴盘，吐出三个字："活、下、去！"

"这是红手门的暗语。"小不良人握紧那把神秘的伞，双目怒

第一章　李杜汇

瞪，"你是红手门的人。"

凤娘没有工夫搭理少年，径直转向杜子美："如此隐晦之事，先生如何知晓？"

杜子美落落直言："欲人勿闻，莫若勿言；欲人勿知，莫若勿为。此时，洛邑县令已经带人赶往明教坊和宁人坊。"

"哈哈——"屋内回荡着凄厉的笑声，凤娘甩动腕上的红绸，整个人似乎变成一只朱红的大蛹，那绸缎间的褶皱就是大蛹的生命之纹。

"你今天跑不了了。"小不良人勇敢地跳出来，"我奉命调查凤王丹案，早已探知，你与天津桥重楼的说书人三郎是同伙。平日里，三郎负责揽客放消息，你负责故弄玄虚地揽财，重楼前卖烤梨的孩童负责传递消息。一个时辰前，晏县丞已经抓获向井内投毒之人，就是红手门的人。所以，你今天跑不了了。"小不良人信心满满地重复。

"是吗？"红绸落，蛹动止，那纹络宛如飘零的皮层层褪去，露出一张娇媚、陌生的脸。

"啊？"众人惊呆。小不良人暗自扶着桌沿稳着心神，唯独杜子美和同桌男子面不改色，心定如水。

"凤女。"三郎恭敬地行下红手门的大礼。

"这样的把戏，我早就玩够了。"凤女云淡风轻地拂过轻薄的衣袖，白皙的手臂上现出一幅头尾相衔的五凤刺青，凤羽颜色鲜艳，仿若金丝，"若不是受人之托，忠人之事，我何必亲自出面？"

"我要多谢这两位先生。"凤女微微张开红唇，神色似笑非笑。那张迷人妖娆的脸承载着世间所有的美好、圣洁和不可抗拒的力量。

"仙女下凡，仙女下凡……"众人痴痴地念道，杜子美再次陷入血色的幻境，自言自语道："云想衣裳花想容，春风拂槛露华浓。若非群玉山头见，会向瑶台月下逢……"

每个字，每处景，甚至每个笔画都如此恰到好处，那是怎样的美？只是眼前的这般美，似乎少了灵性，仅仅剩下美而已。

此美非美。

而放眼天下，能写出如此诗句的，只有他。杜子美情不自禁地站了起来："太白先生。"

一句话点燃了屋内高压的气氛，众人还没有走出凤女真容的震撼，再次迎来此生不悔的喜悦和激动。

太白先生是何许人？大唐的子民或许不识君王，不懂《唐律》，却几乎都听过太白先生的诗。

襁褓中的孩提都听过那首五言绝句：

静夜思

【唐】李白

床前明月光，疑是地上霜。

举头望明月，低头思故乡。

龆龀七八岁，便可以大声背诵七言绝句了：

望天门山

【唐】李白

天门中断楚江开,碧水东流至此回。

两岸青山相对出,孤帆一片日边来。

幼学之年,人人皆会:

黄鹤楼送孟浩然之广陵

【唐】李白

故人西辞黄鹤楼,

烟花三月下扬州。

孤帆远影碧空尽,

唯见长江天际流。

望庐山瀑布

【唐】李白

日照香炉生紫烟,遥看瀑布挂前川。

飞流直下三千尺,疑是银河落九天。

加冠之后,有生逢困境却从未言弃的《行路难》,有《春夜洛城闻笛》的感慨,更有春风骀荡、轻拂栏杆的《清平调》。那金花笺上的美仿佛都活了起来,就映在眼前。

"真的是太白先生!"连三郎也忍不住惊呼。坊间传闻,太白先生得到了帝王降辇步迎,七宝床赐食于前,并亲自调羹的殊荣。太白先生的文采更是得到玉真公主的认可,连贺监(贺知章)对其也是推崇有加,称之为"谪仙人"。

只是庙堂之高,远不如江湖之远。有人说他得罪了贵妃娘娘,有人说他得罪了知内侍省事,还有人说他得罪了宰相大人……无论何种说辞,都无法让才华横溢之人蒙尘受屈。

是的,就算犯了世间的错,天子都不舍得责罚。他人为贬,太白先生为放。一字之差,天壤之别,况且为赐金放还。

"太白先生来洛邑了。"众人陷入惊厥般的狂欢。白烛的光闪烁不断,似乎也想在"谪仙人"面前展现相得益彰的盈彩。小不良人怔怔地放下了从不离手的伞。凤女的戾气似乎也少了几分。

太白先生稳稳地坐在原处,微醺的脸颊映着暖色。羁旅的疲惫和苦闷一寸寸地远去,消失殆尽。

渐渐地,他仿佛又看到花团锦簇的牡丹、瑶台上的仙女、映在仙池的圆月……

"花间一壶酒,独酌无相亲。举杯邀明月,对影成三人。"太白先生举起酒杯,又缓缓落下。

屋内静谧无声,连呼吸都变得多余。

杜子美难以掩饰内心的喜悦,匆忙拿起邻桌的纸笔,记录起来。

"月既不解饮,影徒随我身。暂伴月将影,行乐须及春。"太白先生迟缓地走向那扇挂着风铃的木窗。朦胧的月色宛如汇聚成一把无形的鼓槌,敲出只应天上有的曲调。忽然,他拔出腰间的龙泉剑,人剑合一,飘逸而出:"我歌月徘徊,我舞影零乱。醒时同交欢,醉后各分散。永结无情游,相期邈云汉。"

第一章　李杜汇

太白先生一个漂亮的转身，龙泉入鞘，杜子美也落下最后一笔。

"好一个相期邈云汉，好诗、好诗。"杜子美挑起衣袖，"只是这诗名？"

"月下独酌。"太白先生举起酒杯，痛快地饮下。

"月下独酌……"众人忘却了尘世的纷争，"花间一壶酒，独酌无相亲……暂伴月将影，行乐须及春……"

"先生。"杜子美恭恭敬敬地再次行下叉手礼。太白先生还礼之时，凤女放声大笑："入局的人越来越多，有点意思。"

只见她扬起红绸，左右舞动。

"太白先生，你走不出凤王酒肆。"缠绕飞扬的红绸落下之时，缝隙间飞出无数毒蜂，众人来不及做出反应，三五人已经倒地身亡。

"跑……"众人分散而逃。小不良人暗道不好，急忙抓起那把大伞，奔向太白先生和杜子美的方向。

"看我的。"小不良人大喊一声，甩开大伞上的机关，随即出现一张密密实实的矩形"大网"，网的筋骨是坚硬的铁丝，铁丝的缝隙间是柔韧的竹条。

这张"大网"精准地阻挡了成群的毒蜂，将太白先生和杜子美护在里面。小不良人开始自我引荐："先生，我叫晏河洛，我父亲是洛邑县丞。"

"洛学兴起，理学形成，根植于河洛。好名字。"太白先生称赞。

杜子美好奇地盯着"大网"："这是书上说的捕鱼工具——

滨？"

"杜先生大才。"晏河洛兴奋地笑起来，"这的确是钱塘江上的捕鱼工具——滨。只不过，我做了改良，你们看！"晏河洛抓住伞柄转了一圈，"大网"向外延伸一层，外沿竟然出现一圈锋利的刀刃。他再转动一圈，刀刃悉数缩回，外沿露出一圈牡丹花瓣形状的绸缎。

"妙。"太白先生惊叹，"真是妙。"

晏河洛得意地解释："嘿嘿，这是我亲手画的图，娘亲帮我画的花样。它有自己的名字，叫铁鱼甲。"

"铁鱼甲？"杜子美满脸惊讶，"河洛，你是怎么想到做这个物件的呢？"

"嘿嘿，我从小就爱做各种物件，尤其是暗器。上个月，我在如意书局买来一本奇书，上面记载了万匠滨用竹子编滨，能抓一湖的鱼。闲时，滨还能取盐。我从小就爱吃鱼，就想着做滨，去洛水抓鱼。洛水的鱼啊，又肥又鲜，做成鱼脍，入口即化，甚为鲜美。"晏河洛一边说，一边及时躲避飞来的蜂群。

伞下的杜子美迈着碎步："嗯，《洛阳伽蓝记》的确记载过：别立市于洛水南，号曰四通市，民间谓永桥市。伊洛之鱼，多于此卖，士庶须脍，皆诣取之。鱼味甚美。"

"京师语曰：洛鲤伊鲂，贵于牛羊。"太白先生补了一句。

晏河洛兴奋地露出一口小白牙："对，那鱼肉比牛羊还鲜呢。改日，我带你们去。"

"那得活过今晚才行。"杜子美的话让大家回到紧迫的现实。蜂群将三人逼入正堂的角落，三人紧张地屏住呼吸。

第一章　李杜汇

晏河洛小心翼翼地透过铁鱼甲与墙壁之间微小的缝隙看过去。蜂群过处,非死即伤,毒蜂遵循着自身淘汰的原则,完成蜇杀的使命,共死共亡。所以,每具尸体上都落了厚厚一层的死蜂。凤女和三郎早已不见踪影,蜂群少了大半。

"我们冲出去。"晏河洛做出手势。

"好。"杜子美顺势将太白先生护在身后,三人依靠铁鱼甲奔向出口。

走到一半的时候,外面传来一声清脆的笛音。三人不曾在意,继续向前。在三人看不见的暗处,那只铜兽龟里爬出一只饥饿的母蜂,母蜂疯狂地吞噬着同伴,连死去的都不放过。吃饱的母蜂速度极快,眨眼的工夫便没了踪影。

"坚持住,马上就出去了。"晏河洛奋力地扭动铁鱼甲,"大网"的中心射出一只鱼形的铁钩子。

"先生先走。"晏河洛斜着身子,随时调整方向,准备断后。杜子美始终护着身后的"谪仙人"。

嘡!铁钩子精准地定住门板,推开了门,打破了虚实的界限。

眼前是百年的街坊,油靛铺、法烛铺、胡人酒肆……商家的布幌子在微风中一呼一吸,仿佛在深夜里酣睡。

身后嗜血的蜂群哄然而散,若不是那些血淋淋的尸体躺在地上,就像从未出现过。

"这、这也太诡异了。"晏河洛揉着眼睛。杜子美坦言:"红子门善用幻术、诡术,还是要多加小心。"

突然,杜子美感到身后一沉,太白先生直挺挺地压在他的背上。"先生？"

晏河洛及时出手，与杜子美合力将太白先生平稳地搀扶到酒肆的小榻上。

"是不是喝多了？"晏河洛收起铁鱼甲，安静地守在一旁。杜子美拿出绢帕为太白先生轻轻擦拭额头："先生海量，这般的酒水是不会醉的。"

"那是为何？"晏河洛盯着面色红润的太白先生，愈加疑惑。这时，太白先生的双耳内竟然流出鲜红的血。"先生！"

此刻，晏河洛恨不得躺在小榻上的是自己，他懊恼地回忆着每个细节："是铁鱼甲出了纰漏？先生怎会……"

"且慢。"杜子美早就意识到太白先生并非酒醉，因为刚刚擦拭过的绢帕上沾满了淡淡的血迹。他的耳边回响起走不出凤王酒肆的话，一定是凤女耍的手段。

"我去找大夫。"晏河洛冲动地往外跑。

"来不及了。"杜子美冷静地吩咐，"关门。"

"好。"晏河洛立刻关上敞开的门，凤王酒肆再次成为封闭的空间，不同的是已经回到了落地的现实。

"如果我没有看错，先生中了西域的'胡姬蛊'。"杜子美一边解释，一边从随身的包裹里拿出大大小小的香包，"此蛊有离魂、失魄之药效，若中此毒，先是面如桃花，随后将渐渐地陷入失心疯。"

"那可如何是好？"晏河洛惊呼，"太白先生乃是大唐之荣光，怎能、怎能……"聪慧的少年实在无法找到表达心中愤慨、郁闷，甚至绝望的词语。

第一章　李杜汇

"我们只能试一试。"杜子美分别将香包打开，从中选拣出几味香料，"河洛，去煮香。"

"煮香？"机灵的晏河洛立刻明白过来，走向带着余温的茶炉。大唐上自皇亲贵族，下至黎民百姓，都喜茶汤。

煮茶汤的法子各有不同，工具却是全的。晏河洛麻利地在炭火里加了些许木炭，炉膛渐渐红了起来。

杜子美像煮茶一样，捡起小青竹夹子依次将选出的香料放入茶壶。一会儿的工夫，茶壶作响。他又用浸透茶色的竹篦滤出香料的渣木，再添入冷水，再煮。

三遍过后，屋内香气袅袅飘荡，水色变浅。

"杜先生是在用熏香之法解毒？"晏河洛通透起来。

"可惜，少了几味香料，只能反其道行之。"杜子美又将第二包配好的香料倒入茶壶，"一旦开始，炭火万不能停。切记，不能见烟。"

"我懂了。"晏河洛虽年纪小，但才智过于常人。外人眼里不务正业的旁门左道样样精通。其实，主要就表现在一个字——灵。

一点就透，无须多言，没有卖弄，更没有自以为是。

炭火不停，煮沸香料的水沸腾为热气，热气混入空气，以气解毒。但是炭火最易生烟，如何能让炭火不停，又不见烟呢？

晏河洛的小眼神变得闪烁，他顺手拿起几块碎木板、茶壶盖等一些小物件，三下五除二地拼凑成一个自制小风车。

只是风车的把手用起来不太顺手，晏河洛再次抬起头，目光落在那尊被遗弃的铜兽龟上。

"呼呼呼！"小风车飞速旋转，小铜兽龟沦为有用的助风工具。炉膛内的炭火在疾风的加持下，充分燃烧，没有一丝烟雾。

屋内热气腾腾，淡淡的香气沁人肺腑。在香气的热熏下，太白先生的额头满是大汗，呼吸趋于平稳。

杜子美和晏河洛已经大汗淋漓，热汗浸透了两人的衣衫。

杜子美擦过汗水："河洛，再坚持一下，已经七遍，再行七遍就成了。"

"嗯，我坚持得住。"晏河洛的小脸熏得黑白不明，卖力地摇动着自制小风车。

本是生死一瞬的夜里，仿佛什么都没发生过。屋内安静如夜，炉上的炭火，沸腾的水，吹人醒的雾气，三条鲜活的生命，还有吱吱作响的风……

时光、璀璨、生命、覆灭、长生……

一切的一切都沉浸在现实和虚幻的褶皱里。

褶在皱里，皱在褶上。

突然，门外传来声响。声动，风起，朦胧的蒸汽中，一片片雪花夹杂着极冷的寒气飞驰而来。

不好。杜子美知道此行危险，凤女仅仅是开始。"保护太白先生。"他大喊着，不忍好不容易聚集的香气就此消散，不愿放弃煮香，只能用身体去当盾牌。

好在晏河洛眼疾手快，他跳起来，奋力地摇动小风车，用风的力量对抗寒气。

风的力量占据了上风，一朵朵雪花仿若白梅迷失了轨道，在蒸汽中分散而落，随即传来撕碎、崩裂的声音。

第一章　李杜汇

好险！晏河洛知道小风车支撑不了太久，再次扬起那把铁鱼甲，将太白先生、杜先生和自己护住。

只是，第二批的攻击更快、更密。一位背着弩箭的蓑衣汉踏雪而来，他的脚下是厚厚的积雪，腰间系着一块刻着密文的令牌。

驱使者！杜子美暗道不好。江湖传闻，驱使者为神秘的暗杀门派，拿钱驱命，不问来由，多为权贵驱使。所有驱使者身着蓑衣，皆以"梅花天下雪"的独门绝技杀戮，雪落之处，血流成河。

蓑衣汉的目的非常明确，直奔太白先生。太白先生从长安赐金放还，显然，这是长安的主子。

杜子美感叹着世态炎凉的悲境，蓑衣汉微微俯身，背上的弩箭齐发，射出雪花矩阵。

晏河洛急了，落下铁鱼甲，使劲摇晃，铁鱼甲垂下交错的竹网，形成一个封闭的帐篷，三人躲在帐中。

可是竹网毕竟软柔，抵不过坚韧的铁器。雪花暗器一层层地逼来，竹网几乎支撑不住。

杜子美不时地看着逐渐消散的蒸汽和呼吸愈加急促的太白先生，眉头越锁越紧。当下正是熏香的关键时刻，多熬一刻，就多一分的希望。

只是眼前，多熬一刻，就多一分的危险。横竖是死，一定要护住先生，哪怕用命！杜子美随时做好了舍命护友的准备。

"河洛，找准时机，你带着太白先生冲出去。"杜子美欲用身体拦截下一批飞来的雪花。

"不，杜先生，要走一起走。"晏河洛的语调里透着少年的倔强。

"没有时间了，否则我们一个也走不了。"杜子美紧盯着飘逸的雪花，谁能想到世间最美的景，竟被做成了杀人的刀呢？

只好来世再谈月下诗了，杜子美面带微笑地钻出铁鱼甲，冲了出去。

"先生！"晏河洛悲伤地大喊，再去转动铁鱼甲已经无济于事，那纷纷扬扬的雪花几乎包围了杜子美。

紧要关头，那位戴着白纱帷帽的客人翩翩而至。从年龄上看，不过是束发之年，齿白唇红，风流丽质。

只见他以一手"花火掩心术"，一把伞，一袭白衣披风，轻松地收纳了"梅花天下雪"。

从出手的招式和超脱的身姿来看，应是一位少年英雄。

蓑衣汉深知自己的弩箭已空，任务失败，所以并不恋战。他找准时机，抽身离去。

白衣少年见众人安全，亦要飞身离去。杜子美大喊："你救过我两次性命，敢问恩人尊姓大名，来日必当相报。"

白衣少年并未应答，离去前，飞出一页信笺。

晏河洛稳稳地接住，转给杜子美。

杜子美展开一看："梦游天姥欲登龙，王屋山上寻华仙。这字迹？"他急忙拿出一页贴身的密函。

两张比对，字迹一模一样。

"这也太巧了。"晏河洛惊呼。杜子美摇头："太白先生应该也接到过凤王酒肆的密函，由此断定，是此人引我们来洛邑的。"

第一章　李杜汇

"这么说，是他让我们深陷困境，再出手相救？"晏河洛使起了小性子。

杜子美微微点头，又摇头："是，又不是。"

"不管是与不是。"晏河洛指着信笺，"王屋山是个好地方，听闻有位被尊称为华盖君的老道人，业已成仙。想要长生，王屋山比凤干丹靠谱。"

"世上之人真的能长生吗？"杜子美自言自语。

"长生……"小榻处传来微弱的梦呓。

杜子美和晏河洛一脸惊喜地扑了过去……

2

长安城，西市。熙攘的人群里起伏着唐音胡调的吆喝，连空气里都浸透着胡饼的香气。其中一人格外显眼，他穿着圆领窄袖的半旧长袍，腰间佩着一把长刀，刀柄上的璎珞透着暗色，不知浸了多少人的血。

他的个子很高，阴冷的眸心紧锁着秘事。

"店家，可有洛邑城的匕首？"他指着吊在绳索上的匕首。

络腮胡的店家愣住，瞄着男子腰间的令牌，直言道："洛邑的匕首样式虽好，但刀刃极脆，试试这把疏勒城的。"

店家递过一把套着牛皮套的匕首。男子接过，拔刀出鞘："好刀！"

店家压低嗓音："上人很生气，不能再失手了。"

"知道。"男子应道，"只是，行路难……今安在？"

"他?"店家低头,"我们的动作要快,王屋山要动了,不能让旁人捷足先登。听说长安城的暗人走了三成之多。"

"可要活口?"男子又问。

店家仰起头:"主人的原话是:若谁都得不到,倒也公平。"

第二章 吞人兽

望岳

【唐】杜甫

岱宗夫如何？齐鲁青未了。
造化钟神秀，阴阳割昏晓。
荡胸生曾云，决眦入归鸟。
会当凌绝顶，一览众山小。

3

清晨，厚重的城门咬着转动的齿轮，徐徐开启。在那匀速的吱嘎吱嘎中，唤醒了沉睡中的古城。

洛邑的天，清澈的底子里裹着散不去的金光，似乎在提醒世人,这座古城过去、现在和未来的故事。

那些故事终会以文字的形式记于简牍,后人将从一字一句中找寻当年。

就像,今天也在寻找昨天。

开市的锣,从北敲到南。福兴茶楼、胡姬酒肆、卖饮子的药家、马家灯油铺、白家法烛店、廖记秤行、张家楼、锦湖帛肆、康家麸行、赵家当铺,等等。

一条街串起了洛邑百姓的一生。当然,寻常日子少不了解压的趣事。所以,凤王酒肆的传闻已经出了十多个不同的版本。

每个版本里都有传奇的"谪仙人"。

"谪仙人"和那首《月下独酌》是坊间文人雅士争相讨论的热闹事。不过,要比热闹,非清化坊的晏府莫属。

晏河洛近水楼台先得月,直接将受伤的太白先生和杜子美接回晏家,还生怕别人不知道,逢人便说。就差锣鼓喧天、鞭炮齐鸣地告知天下人了。

从此,晏府便成了整个洛邑最具文采的地方,晏河洛是天底下最幸福的人。同时,他也是全洛邑百姓的眼中钉。

有人愿出高价,进府一叙;有人愿赠千金,见太白先生一面;有人愿赠好酒与晏府;甚至还有人愿送小女,进府服侍……

无论怎样的说辞,晏府都一一回绝。那洛邑百姓怎能答应?世间人谁不知道太白先生斗酒诗百篇,办法总是有的。

每天来晏府门口参拜、送酒之人络绎不绝,大大小小的酒坛子从坊东排到坊西,几乎到了闹鬼的清化驿馆,可见洛邑百姓的热情。

第二章　吞人兽

其实，闭门谢客，并非晏河洛贪心，而是杜子美的主意。一来太白先生的身体需要调养，二来太白先生赐金放还，离开长安，似有心结。自古以来，常伴君王左右，那其中的曲折翻转绝非常人所想。当下的朝堂更是波谲云诡，几方势力分庭抗礼。先生能够保全自己，安然走出长安城，实属不易，实在不想他为从前的事情而困扰。

更重要的是：凤王丹。

尘归尘，土归土，人终归要走的，凤土丹并非空穴来风，背后藏着长生之道。

凤王酒肆的一幕幕历历在目，生生拽开长生传闻的大旗。

这日，天气甚好，微微的风卷过翠绿的柳条，仿若拓出了女儿家的弯眉。杜子美和晏河洛陪着大病初愈的太白先生在正堂饮茶。

晏河洛拿起竹夹在茶釜里来回搅动，将碾碎的茶末倒了进去。不一会儿，茶汤翻滚沸腾。他熟练地点了碎盐，将水沥了出去，再重复了方才的动作。待三遍之后，茶香溢满了正堂。

晏河洛为太白先生和杜子美添过茶，恭敬地礼让："先生请用茶。"

杜子美伸出衣袖轻轻扇过，香气扑鼻："三沸烹茶果然浓郁，不多不少，三沸刚好。"

"是啊。"太白先生的脸色好了许多，"前几日，总觉得耳朵里住了一只聒噪的蝉。昨晚，我点了贤弟的香，睡得极沉。早上醒来，聒噪声不见了，却多了……"他故意停顿了一下。

"多了什么？"晏河洛坐回几案前。

"这个。"太白先生挑开绢帕,那是一只枯干的蜂。

"这是上好的药材,莫要动。"杜子美紧张地收了起来,"可遇不可求。"

"看来,太白先生无恙了。"晏河洛兴奋地说道。杜子美点头:"真是吉人自有天相。"

"哈哈,多谢两位贤……"太白先生欲言又止,摆手,"罢了,罢了。"

晏河洛和杜子美会意一笑。

太白先生一贯洒脱,从醒来的那一刻,就与他们开怀饮酒。得意时,更是抛开世俗,与他们称兄道弟。

杜子美还好,本为读书人,以一首"会当凌绝顶,一览众山小"而小有名气。今日,与崇拜多年的兄长相会于洛邑,乃人生幸事,贤弟两字是担得住的。

晏河洛就不同了,他本为晚辈,在外人眼里是生性顽劣的少年,若不是身居县丞的父亲晏长水护着,他做的那些奇怪物件能把洛邑县衙掀翻八百回了,他哪里受得住贤弟的称号。

晏河洛是应也不是,不应也不是。好在父亲晏长水是聪慧之人,机会如此难得,他直接备下芹菜、莲子、红豆、红枣、桂圆、肉干的六礼束脩,并携晏家老小,拜请太白先生和杜子美为晏河洛的师父。

没想到一向豪迈的太白先生直接推辞了名号,杜子美倒是应了下来。

晏河洛不明其中要害,拽着父亲追问:"为何太白先生愿意传授于我,却不愿收我为徒呢?"晏长水深谙官场的规矩,一点

第二章 吞人兽

就透,长安的风早就刮到了洛邑,太白先生依仗陛下的喜爱,狂妄自大,得罪了知内侍省事和贵妃娘娘。连宰相对其也颇有微词。如此一来,朝堂上的官员谁敢和他公然示好?

说到底,太白先生不仅是"谪仙人",更懂得人情冷暖和世态炎凉。

晏长水对太白先生又多了分尊重,竭尽所能地待客。晏河洛也一改往日的顽劣,不再往外瞎跑胡闹了。

晏河洛拎起茶壶又为两位先生添了热茶,笑嘻嘻地说道:"师父射覆的本领极高,能否传授我几招?"

杜子美从腰间解下小铜镜,拿出八棱珠:"射覆讲究悟性,你若有悟性,无须我教授,自学即可。你先看我的布局。"

"是,师父。"晏河洛喜极了这样的授业方式,他听话地坐在杜子美身边。

杜子美瞄着包裹死蜂的绢帕,在铜镜背后稳稳落下一颗珠子:"兄长,可是记起了什么?"

太白先生洒脱地坐在柔软的茵褥上,努力回忆着混乱的片段。其实,他并非失忆,而是养伤的这些日子,刻意回避过去罢了。

只要不去想,就会陷入一种自己营造的短暂的极乐世界。

而人终究要回到现实的。

譬如长安,譬如洛邑,又譬如王屋山。

太白先生拿出一张信函:"上月,我在长安的辅兴坊饮酒,好友们折柳送行,酒宴过后,有人送来这封信函。我本意是去陇西的,但信函上说洛邑百姓深陷凤王丹的诡计,若不及时戳穿歹人的阴谋，恐事态难以控制，会卷入更多无辜的百姓。"

"我来看看。"晏河洛机灵地凑过去，对比杜子美手中的两张信函，瞪大眼睛，"这些信函的笔迹都出自同一人之手。"他又捡起一片透明的琉璃仔细地看了好几遍，"没错，就是同一个人写的。"

杜子美落下一颗珠子："我也是收到信函来洛邑的。"

"这么说，都与凤王丹有关？"晏河洛说道，"我去县衙看过凤王丹的卷宗。领头的就是凤娘，也就是凤王酒肆的凤女，据说书人三郎说，她是红手门的圣女。她们的手段很简单，在仁井内投毒，再以救人为名敛财。当晚，巡城的武侯在天津桥下擒获了三郎，他的身上并无红手门刺青和任何标记，并非红手门之人。不知为何，凤女抛弃了他。如今，三郎在牢房里疯疯癫癫，一直在说仙女姐姐。"

"那凤女呢？"杜子美缓缓地落子。

"凤女不知所终。"晏河洛应道。

"为何不全城缉拿？"杜子美又问。

晏河洛压低语调："洛邑的形势远比长安复杂，这里有洛邑留守，有神都旧人，有前朝的宗亲，还有陛下的金吾卫，市面上的胡商也不少于长安城的西市。一来，此案甚微，不会全城缉拿。二来，即使全城缉拿，城内街坊、暗渠九曲相连，无疑是大海捞针，无济于事。"

"的确如此。"杜子美的手顿了一下，继续落子。

晏河洛继续说："据说，凤王酒肆每隔一段时间就会出一颗凤王丹，但真正的买家从未露过面。"

第二章　吞人兽

"世上真的有凤王丹吗？"杜子美疑惑地问道。

晏河洛道："这个嘛，信则有，不信则无。长生不老不好说，或许能延年益寿。"

"古有行道人，陌上见三叟，年各百余岁，相与锄禾莠。"太白先生琅琅地诵道，"自古便有长生之法，世间人，上自天子，下至百姓，谁不想长生呢？"

"这就奇怪了，凤女既为红手门的圣女，怎能亲自出马，又怎能以凤王丹的雕虫小技敛财？莫非背后有蹊跷？对了，那日在凤工酒肆的蓑衣客是谁？救我们的白衣少年是谁？又是谁引二位先生来洛邑呢？"晏河洛机智过人，悟性极高。他困惑地看向杜子美。

杜子美低着头，铜镜上已经密布大小不一的珠子。那些珠子组成了一张狭长而锋利的云图，那云图好似杀人的匕首，又好似尘封秘密的铜钥，在绝望中给人希望。

在绝望和希望间，是一块块支离破碎的记忆碎片：美好、邪恶、血腥、杀戮、惨叫、温顺、绝美……

他的直觉一向敏锐精准，从拿到那张神秘信函到凤王酒肆的离奇逃生，看似毫无关联的背后隐藏着一只看不见的手，牢牢地掌控着一场杀局。

他解开一道谜题，立刻会陷入另一道谜题，环环相扣，扣扣相连，他始终摸不到那只无形的手。

他这边如果是绝望，那兄长呢？

杜子美微微抬起头望向笼罩在光辉中的"谪仙人"，满眼的白。世人总以为圣洁的白会阻挡黑暗的到来，却不知白的漫长。

就像太阳终有落时,黑夜无人可挡。

每个人都有自己的选择。

"唉!"一声轻得不能再轻的叹息搅动了饱满的茶,荡出几道诡秘的涟漪。太白先生说出忧郁中藏着希望的往事,"陛下是天子,天子自然是长生的。不过,天子要的长生与寻常人不同。"

"不同?"晏河洛转动着黑溜溜的眼睛,杜子美的目光深邃了下去。如今的大唐繁花似锦,天子胸怀大志,此长生非彼长生。

自然是:天子长生,大唐长生。

这其中的奥秘,太白先生作为陛下的身边人,怎能不知?

"凤王丹。"杜子美吐出三字,"真的有人炼出了金丹。"

太白先生点头:"《山海经·大荒西经》有一段关于灵山和'十巫'的记载。所谓'十巫',即:巫咸、巫即、巫盼、巫彭、巫姑、巫真、巫礼、巫谢、巫抵、巫罗。这十巫都在灵山,乃百药之王——'金丹'。后来,这十巫的传说落在了巫山上,巫山出金丹。"

"原来是金丹啊。夫丹之为物,烧之愈久,变化愈妙;黄金入火,百炼不销,埋之毕天不朽。"晏河洛来了兴致,"前些年,我也炼过金丹,都失败了。听说五色石的效果最好,只是紫水晶、硫黄、雄黄、赭石、绿松石素来珍贵,父亲不许我胡闹,就耽搁了。再后来,我将炼丹的炉子改成打铁炉了。嘿嘿,还是打铁好,火候好掌握。"

"哈哈。"太白先生微笑,"河洛的心思最为通透。是啊,还是打铁好,金丹难寻啊。如此粗浅的道理,人人知晓,唯独天子

第二章 吞人兽

不明。而天子的心愿，无论用何种方法都是要满足的。传言，王屋山的仙人集天地间的灵气炼出了一颗凤王丹，服用此丹永葆长生。天子长生，大唐必然长生。所以，天子之意，并非为自己，而是为苍生。"

"咳、咳……"晏河洛险些呛了茶。

杜子美就沉稳多了，一颗凤王丹连着天子和大唐的命运，如此说来，凤王酒肆的离奇遭遇就说得通了，杀戮更是应有的。

"大家都在寻凤王丹。"他缓缓地说道。

太白先生没有说话，他放下手中的茶盏，盯着屋外那道爬满藤蔓的墙。他忽然很想知道那道墙原来的样子。

想法一出，空中的风儿、飞来的鸟儿、墙角的花儿……纷纷登场一试。只是任谁出手，盘根错节的藤蔓只是晃动着妖娆的身子，守护着那道墙。

任凭风落，鸟停，花谢……都没有给那道墙留下一丝痕迹。

或许下一次，风更大些，鸟再多些，花再茂盛些……

谁能捷足先登呢？

"我懂了。"晏河洛打破屋内的寂静，化身洛邑神探，"陛下想保大唐长生，必须得到凤王丹，所以，想讨陛下欢心的人都在寻凤王丹。各方势力使出浑身解数，动用江湖势力寻找长生之法，想必红手门和蓑衣汉都是受人之托，忠人之事。不对啊……"晏河洛眼神一亮，"不是说在王屋山吗？直接去王屋山不就行了。"

"想必王屋山已经几经搜刮，凤女也只不过想借假凤王丹引来真凤王丹。"杜子美的手一颤，一粒珠子滚落在地。晏河洛捡起来，想放回原处。杜子美阻挡："算了，这就是未知的变数。"

太白先生点头："是啊，白衣公子引我们来洛邑，又留下王屋山的线索。无论如何，王屋山是要走一遭的。"

"现在去？"晏河洛的语调里蕴藏着少年的谨慎，"如此急？"

"明日启程。"太白先生笃定地回答，"王屋山。"

"不行。"晏河洛着急地站了起来，"闹妖。"

4

"有妖！"这会儿是清化坊的刘氏肉铺最忙的时候，老食客们纷纷讲着洛邑城闹妖的奇事。

"那妖张开血盆大口，生生将刘县尉吞进肚子里。"一位身着软甲的男子绘声绘色地说着。

"那魏参军呢？"一位聚精会神的男食客问。

"魏参军啊。"那男子咬了口松软的七返膏（类似花卷），细细品尝着软糯香甜的味道。这要多亏了行走长安和西域的商贾，他们将婆罗门人的蔗糖带到了东土大唐。男子又嘬了一口鸭花汤饼，这两样是刘氏肉铺的招牌，满堂的食客一半是穿城而来，男子亦是如此。他一脸满足地说道："魏参军转身逃跑，妖怎会给他机会？"

"又吞了一个？"男食客又问，"什么都没留下？"

"留下了。"男子故弄玄虚。

"尸骨？"

第二章　吞人兽

"头发。"

刘氏肉铺陷入一片惊恐的流言蜚语中，谁也未曾在意，二楼的春字雅间关上了虚掩的格子窗。

雅间内，太白先生、杜子美、晏河洛正在用餐。

晏河洛在鸭花汤饼里撒了些胡椒，缓缓地搅动："听见了吧，洛邑城内闹妖有半年之久，吞人留发。至今有六名官吏和两名巡城的武侯失踪，只留下头发。"

杜子美侧目："这与王屋山有关？"

晏河洛小声嘀咕："我查过了，或多或少都与王屋山有关。起初，我并未在意。那日听太白先生和师父说起凤王丹一事，豁然开朗，这其中都是有关联的。"

"哦？"太白先生放下竹筷，"此话怎样？"

晏河洛学着杜子美的样子，从怀里拿出一面兽面小铜镜，开始摆珠子："这问题就出在这里——清化坊。"

晏河洛开启絮絮叨叨的模式，大致描绘出另一个洛邑。

闹妖的地方就在这里——清化坊。

清化坊是洛邑最热闹喧嚣的地方，与东城、皇城、宫城相邻，是宣仁门外大街北侧的第一坊，与立德坊为邻，是达官显贵和富家商贾聚集之地。

这里有左金吾卫、商铺旅馆、酒肆、茶楼，等等，堪称"黄金地"。

晏河洛微笑地落下一颗珠子："洛邑城的金吾卫分为左金吾卫和右金吾卫，这清化坊就是左金吾卫的地盘，右金吾卫的地盘在积善坊。习武之人力气大，喜欢食肉，无论地盘在哪里，刘氏肉铺都是他们常来的地方,所以,这里闹妖的消息最多。"

晏河洛得意地推断道:"楼下的那位侍卫就是金吾卫,如果我没有看错,他来自左金吾卫。"

"你是如何看出来的?"杜子美问。

晏河洛微笑道:"清化坊是福地,那积善坊就是贵地,卧虎藏龙之地。从前朝的将军到本朝的皇子皇孙皆居于此,民间也因此称之为王子坊。嘿嘿,寿王府就在这里,听说,陛下为寿王从韦家选了一位王妃,待寿王孝期一过,就要办喜事了。"

太白先生的目光顿了一下,这段皇家隐讳事果然是尽人皆知。杜子美本欲阻拦,少年却意犹未尽:"但是,在积善坊这都不算什么,积善坊最出名的是……"

"难道是?"杜之美抬起头。

"太、平、公、主。"晏河洛掷地有声地说道。

太平公主是大唐最荣耀、最聪慧、最受宠爱的公主,这位传奇的公主一度被认为是锦绣江山的继承人。她的一句话,压得过千军万马,她的喜怒哀乐,左右着朝堂上的天下事。也正是因为她的支持,当今天子夺回了属于李氏的龙椅。

是的,关于太平公主的传奇逸事比史书还长哩。

这位注定在历史上流光溢彩的公主在洛邑有多处宅院,分别位于正平坊、积善坊和尚善坊。其中,积善坊的宅院最规整、最雅致,自然也是最大的。

试想当年,太平公主府邸前是何等的风景。暗渠里的鱼儿簇拥着驻足争看,天上的星星不敢眨眼,生怕错过公主的万千风华;连春日的桃花都想化为落英,为公主驱赶寂寥。

第二章 吞人兽

就是这样的一位让后世史官施以浓墨描绘的女子,生前权倾一时,死后却为寥寥孤影。

武力政变在本朝堪称历代之首,从太宗发动玄武门之变到中宗的神龙政变,再到玄宗和太平公主联手解决韦后一党的唐隆政变。太平公主的一生都处在世间政变的交叉口,做出一次又一次的选择。

这里没有对错,只有胜败。

血缘亲情在皇家如此淡薄,令人唏嘘。当然,太平公主依旧没有逃脱李氏宫廷的宿命。

她终究是姓李的。

先天二年(713),太平公主谋反,被赐死于家中,其子和追随者悉数被杀。除此之外,太平公主堆积如山的珍宝器玩、田地园林等所有财产悉数充公。

这位多权略,一生华彩的女子缓缓退出世人的视线。

希望之人总是健忘,绝望之人却是念旧。

这一忘一念,似乎是一群人和另一群人的一生。

"所以啊,"晏河洛侃侃而谈,"金吾卫也是有区别的,左金吾卫所在的清化坊,多是洛邑城的传闻;而右金吾卫所在的积善坊,多是宫廷的传闻。"

"原来如此。"太白先生举起酒盏,"似乎有那么一些道理。"

"甚好。"杜子美微笑附和。

晏河洛继续做神探:"若找不出洛邑城的妖,万不可去王屋山。王屋山尚且凶险,有去王屋山的念头更凶险。你们不能不信邪,刘县尉就是这么没的。"

"朗朗乾坤，妖在哪里？"太白先生反问，"恐是有歹人扮妖害人。"

"是啊，我也是这么想的。"晏河洛落下一颗珠子，学得有模有样，"我查过多日，问题就出在都亭驿。"

"都亭驿？"杜子美虽远离朝堂，朝堂上的大事，他还是听过的。都亭驿虽为驿站，但也是杀人的刑场，裴相就被天后斩于此。曾经帝王官商往来两京的歇处，成为刑场，确实伤感。

"为何是那里？"太白先生困惑。

"因为死者都打算在都亭驿歇息，中转去王屋山。"晏河洛神秘兮兮地说道，"除了那两名武侯，他们是在夜里巡逻时遇害的。"

"那就是和都亭驿没有关系了？"太白先生又问。

"不，有关。"晏河洛收起两粒珠子，神秘兮兮地指着铜镜背后的云图，"他们若没有遇害，就在都亭驿当差了。"

"这……"太白先生迟缓了一会儿，"王屋山是必须要去的。"

晏河洛信誓旦旦："你们别着急，待我捉到歹人，我们一起去王屋山。"

"如果这般，不如……"杜子美端起酒盏，语出惊人，"我们就住在都亭驿。"

5

"什么？谪仙人要住都亭驿？"晏长水三步并作两步地走向内宅，"河洛，你莫不是惹两位先生生气了？"

第二章　吞人兽

晏河洛的头晃动得像个小拨浪鼓："爹，我没有，真的没有。是太白先生执意要去王屋山。"

"王屋山？"晏长水停下脚步，"去那里做什么？"

"这个嘛，"晏河洛人小鬼大，深知父亲一向中规中矩，如果向他提及凤王丹和王屋山有关的事情，恐怕父亲会有所忌讳，"游玩。"

"寻仙。"杜子美从婉约的月亮门走出来，十分默契地应道。

"师父。"晏河洛热情地迎上去。

"先生。"晏长水行下叉手礼。

杜子美一一回礼，三人在小花园散步。

今年的春来得极早，连绵不休的细雨洗去了洛邑城的阴晦，迎来了温暖的绿意。一夜之间，百花齐放，姗姗来迟的牡丹含苞待放，粉嫩留白，殷红的花蕊里裹着香糯的蜜汁，散发着花坊的女儿香。

洛邑城迎来了一年之中最美的季节。晏河洛正不辞辛苦地介绍园中花卉时，晏长水忽然说道："河洛，你不是说要给两位先生亲自做鱼脍吗？后厨刚买了一些新鲜的草鱼，鱼眼都是盖着草叶进府的……"

"我这就去……"不等父亲说完，晏河洛冲了出去。

小花园只剩下晏长水和杜子美两个人，杜子美心知肚明，晏长水是故意支走小河洛的。

"晏县丞，可有事？"杜子美问。

晏长水恭敬地再次行下叉手礼："多谢先生对河洛的教授。"

"河洛是聪慧的孩子。"杜子美坦言道，"是上天给了我们缘分。"

"先生，晏府有何做得不好的地方，请明示。"晏长水直奔主题。

杜子美摇头："晏府上下对我和太白先生照顾有加，是我们打扰才是。晏县丞是为王屋山一事，还是都亭驿？"

"这两者有区别吗？"晏长水做出请的手势，两人顺着石子路前行。晏长水缓缓说出了难处。

原来，在太白先生进城之际，洛邑的大小官吏就得到了消息。太白先生将假凤王丹和仁井一事告知洛邑的王县令，王县令置之不理，更要求晏长水不要理会。

晏长水是县丞，职位在县令之下，主要分管文书、卷宗。《唐律》里规定，大唐为州县制。州的长官为刺史，县为县令，下设县丞。县丞是从七品的小官，位于县令之后。当今盛唐之下，天下有三百余个州（府），一千五百余县，县丞的官职微乎其微，属于没有实权的散官。

但是有三个地方的县丞是不同的。其中两个是天子脚下的长安县和万年县，第三个便是洛邑。

这三地紧邻台阁，其县丞是天底下品级最低却实权最高，更是受朝堂重视的官职。晏长水饱读史书，素爱文雅，凭借好文采，博来一职，是有真本领的。

但是有本领的人也有愁事，晏河洛就是他的软肋，他深知，河洛是个聪慧的孩子，若多加教导，必定成材。

太白先生和杜先生是天下名士，对于这样一次千载难逢的机会，他不愿放弃，便放手一搏，推出儿子晏河洛。晏河洛是众人

第二章　吞人兽

眼里的顽子，从小就爱上房揭瓦，鸟窝掏蛋，鬼点子极多，从不按常规出牌，自制的新奇玩意儿还多，并美其名曰：家伙什儿。

久而久之，晏河洛变成了洛邑城连猫儿都嫌弃的人。

最近几年，晏河洛正值少年，胆子更大了不少，盯上了查案。他经常偷看卷宗，穿上官袍，假扮不良人外出查案。

查案是好事，就是好事不好办，每次的家伙什儿都拖后腿。有一次，飞上天的家伙什儿，飞得太高太远，差点炸了半个街坊。

意气风发的少年眼里哪里有权势？哪里会畏惧权势？

更何况是晏河洛。

晏长水精通算学，打得一手的好算盘，心里的算盘也打得精。当晚，是他故意透露消息，这才有了晏河洛和太白先生、杜子美的偶遇。

之后，接两位先生入晏府便顺理成章，纵然是洛邑留守来问，也只有眼红的份儿。

晏长水叹了口气："实不相瞒，洛邑城内的关系盘根错节。太白先生才高八斗，清雅绝伦，仙人怎知庙堂的污垢？"

"背后之人是谁？"杜子美问。

晏长水摇头："这不是我等的身份和官职能知晓的，不过陛下身边的近臣，除了知内侍省事——高力士，便是李宰相。两位的手都能从长安伸到洛邑。"

杜子美仔细回忆了这几日太白先生的话，想了想说："或许另有其人。"

"哦？"晏长水目光一滞，随即恢复原态，"无论怎样，王屋山都去不得。"

"晏县丞,放心,我与兄长同去,河洛不会去的。"杜子美知晓晏家三代单传,晏长水是在而立之年才有了河洛,护犊之心天经地义。

晏长水摆手:"先生,您误会我的意思了,我并非担心河洛,我担心的是两位先生。"

晏长水更进一步地压低声音,在杜子美耳边说了几句。杜子美的脸色渐渐黯淡下去。

夜愈加沉寂,稠密而压抑的夜色宛如一方化不开的古砚,被寒风磨得浓烈。两位才情卓雅的先生立在半旧的屋檐下,盯着空中那弯留白的残月。

杜子美低吟道:"姑苏台上乌栖时,吴王宫里醉西施。吴歌楚舞欢未毕,青山欲衔半边日。银箭金壶漏水多,起看秋月坠江波。东方渐高奈乐何!"

这是吴王夫差打败越国之后,沉迷享乐,刚愎自用,被越女西施迷惑,最终亡国的故事。

他微微低下头,目光柔亮而温暖,仿佛真的倒映着一场充满死寂气息的盛宴,姑苏的月、不祥的乌鸦、阴森孤独的群山、寒冷刺骨的江水……都将不复存在。正如最后一句,东方渐高奈乐何!

是啊,天将大白,好日子快到头了。

"兄长这首《相和歌辞·乌栖曲》的字与意,恰到好处,少一分则晦涩,多一分则溢出。"杜子美由衷地赞美,"果然如贺监所言:泣鬼神。"

第二章 吞人兽

太白先生轻叹了一声，说道："会当凌绝顶，一览众山小。这样的气韵非寻常人所有。与'泣鬼神'有异曲同工之妙。"

"兄长谬赞。"杜子美低沉地说道，"兄长的文风才有我大唐的气韵。我一直以为兄长的文风与陈子昂有异曲同工之处，一洗齐梁诗歌的靡靡之音，重塑风骨，纵横捭阖，苍劲有力，此处正是我缺少的。"

太白先生微微点头："吾观昆仑化，日月沦洞冥。精魄相交会，天壤以罗生。仲尼推太极，老聃贵窈冥。西方金仙子，崇义乃无明。空色皆寂灭，缘业定何成。名教信纷藉，死生俱未停。"他的语调抑扬顿挫，暗藏力量，转而飞扬："前不见古人，后不见来者。念天地之悠悠，独怆然而涕下。"

"好！"杜子美豪赞，"有才继骚雅，哲匠不比肩。公生扬马后，名与日月悬。陈子昂真乃江湖豪杰。"

太白先生坦然道："我一直在寻找一种力量，既可化指柔，又能吞山河。如此的气脉，非陈子昂莫属了。"

"所以，兄长写出了'泣鬼神'的《乌栖曲》。"杜子美又将话题引了回来。在他看来，这首最不像兄长的诗，定是兄长对长安的真情流露。而"泣鬼神"之处，或许是贺监想说而不敢说的话。

太白先生笑了，朗朗的笑声仿若一道惊雷劈开了繁密的星穹，他又做回了长安的"谪仙人"。

"日中则昃，月盈则食，盛极必衰的道理，想必人人知晓。只可惜眼前的繁华会蒙蔽人的双眼，总有人看不到。"

他抬起头，微弱的光映在眼底，整个人却在盛世的阴影中："千百年来，皆是如此，皆是如此啊。这是天下人的盛世，哪怕只剩一人,也要守住一个人的繁华。"

他的眼神逐渐由明变暗,在不实的幻境中,大唐天子和吴王夫差变成了同一个人。没有人愿意相信盛世的落幕,更没有勇气去告诫、去劝谏背后的危机。

月光不及的地方,幽沉的夜色仿佛是一只贪婪的蚕,狠狠地蚕食着纸醉金迷的一切。

"兄长,你累吗?"杜子美心疼地问。

"大唐不能再乱了。"太白先生脸色凛然地长叹,"实不相瞒,我也在寻凤王丹。"

杜子美不惊不语,眼前的暮色刚刚好。

6

都亭驿,顾名思义。从秦汉起,设在都城或者陪都的驿馆,都为都亭驿。这里负责华夏乃至外邦的信函联络,洛邑城的都亭驿尤为出名,为中原第一驿站。

"李太白。"

"杜子美。"

"晏河洛。"

一行人报上名讳,递过洛邑县衙开具的手实,驿站的老仆陈伯并没有过多的惊喜或是不安,甚至算得上是毫无波澜。

晏河洛以为陈伯没听清,特意大声地重复一遍:"这位是太白先生。"

"近来西域风沙大,驿馆积压的信函多,去年冬月,几场大

第二章　吞人兽

雪压塌了几间房,眼下就东厢房空着,三位请随我来。"陈伯挂着榆木拐,晃晃悠悠地在前面带路。

"哎……"晏河洛不服气地追问。杜子美拦下他:"入乡随俗。"

"哼。"晏河洛气不过地噘着小嘴。杜子美笑而不语,晏河洛的心智高于同龄的少年,但毕竟还是孩子,性子还需岁月的磨炼。

三人跟着陈伯走走停停,绕过前院的正堂,来到僻静的后院。青苔旧瓦,矮蒿满墙,若不是屋脊上的那几只小兽在余晖下添了几分生气,谁能想到这是传承千年的驿馆呢?

这时,吱嘎一声,门栓落地,残旧的铜锁早已磨去分明的棱角。

屋内黑沉无光。"喵——"馋嘴的野猫跑了过去,吓了晏河洛一跳。

陈伯精准地找到小榻上的烛台,点燃了那支落灰的半截白蜡,视野在袅袅的微光中亮了起来。

"有事尽管吩咐,我去取炭火。"陈伯的声音很闷,就像薄暮下的老钟,任凭如何击打,再也发不出清脆之音。

这让人不得不敬畏溜走的岁月,那是一盏茶,又一盏茶。

"多谢。"杜子美一贯的恭敬有加,"有劳了。"

"哦,对了。"陈伯顿了下来,虽然没有回头,但是从背影中似乎看得到那张布满皱纹的脸,"西厢房那边不要去。"

"是不是闹妖?"晏河洛凑过来问。

"不是。"陈伯的回答让晏河洛有些失望。不过,陈伯缓缓转过身来,那双深陷的眼,动了动:"住过那里的人,都死了。"

"难道是……"晏河洛这次主动地捂住了自己的嘴。

"世上本无鬼,人心在作怪。"陈伯憨憨地哼了一声,干瘪的眼角挤满纹络,那条条纹络仿若交错缠绕的蛛丝,生生织成了一张网面的脸。眉毛、眼睛、鼻子都好像是挂在蛛网上的蚊虫,下面的嘴便是猎食的蜘蛛。他每次眨眼,每说一句话,都仿佛是蜘蛛张着血口,要将猎物一口吞下,让人不禁遐想。他说着世间最粗浅的话,走了出去。

又是一声吱嘎的门响,仿佛阴阳两隔。

"太白先生。"晏河洛这才发现太白先生不见了。

"嘘,他累了。"杜子美指着小榻上安睡的太白先生,顺手拿起一件厚实的袍子,这是波斯人的服饰。想来都亭驿虽陈旧,却处处大气。

"让他睡吧。"杜子美将袍子盖在太白先生的身上。

"啊——我也好困哦。"晏河洛无意地打着哈欠,直接走向牡丹屏风后面的小榻。

杜子美忍着睡意拿起铁签挑过跃动的烛芯,缓缓地坐在那把躺椅上。

夜漫长无期,久久不见黎明。那半截白烛无声地燃着,飘出的烛香像荷池的涟漪,缓缓融入睡梦人鼻息。

屋内一片寂静。

梦境里的人依然沉浸在苦闷、困惑和一片纠缠无尽的黑暗中。

忽然,看不见的角落里探出一人,那张诡异的脸苍老而沧

第二章 吞人兽

桑，浑浊的眼底泛着长长的血丝。他的手里抚摸着一块光滑的铁牌，干涸的唇颤抖地张开，颤抖地闭合，再张开，再闭合。辗转间，苦涩的泪一滴滴流到心底，击碎了所有的平静，最后转瞬消失。

与此同时，外面传来长调："太白先生，柳娘来送餐食了。"

晏河洛最先醒来，他的脸颊绯红，额头布满细密的汗："奇怪，怎能如此虚热？"

晏河洛四处瞄着，小榻前的茶炉不知何时热了起来，温热的茶汤温而不沸，始终保持着热度。

"太白先生——"屋外又传来长调。

晏河洛来不及多想，径直推开了门，那侍卫竟然是刘氏肉铺里的金吾卫，他惊讶地问道："你怎么在这里？"

"晏公子，我为左金吾卫谢元明。近来洛邑城多发命案，我奉命住在都亭驿。"谢元明一改街坊间的油嘴滑舌，多了几分官场上的公正。

"谢将军。"晏河洛礼貌地还礼。他深知，金吾卫并非父亲手下的不良人，官职虽虚，身份却极重。

毕竟，历朝历代都奉行君君臣臣，父父子子，天子的安危关系到江山社稷，皇家禁军为重中之重。到了本朝，皇家禁军统称为十六卫，金吾卫便是十六卫中的一个重要的分支，主要负责皇城的守卫工作。因为金吾卫守卫在宫门外、皇城内，是守护天子的第一道屏障，所以金吾卫的人员挑选，尤为重要。

几乎所有金吾卫都为世家和朝中重臣的公子，眼前的这位谢将军就是例子，单是一个"谢"字便已足够。

谢氏兴于魏晋,与士族王氏、柳氏齐名,虽然近百年来家族荣耀日渐式微,但依然是皇族姻亲,望族名门。谢元明在金吾卫当差,便是最好的证明。

"太白先生和杜先生真的来了?"谢元明更进一步问道。

"是的,两位先生正在歇息。"晏河洛回道。

"不能再睡了,葫芦鸡焖了两个时辰,色泽金红,皮酥肉嫩,凉了就不好吃了。油糕这会儿吃也刚刚好,色泽乳白、入口即化。还有蹴鞠丸子。对了,厨房还准备了团扇酥、杏酪酥等小茶点,请先生们一边饮酒,一边用餐吧。"谢元明身后的柳娘提起襦裙,端着托盘不由分说地走了进来,她的嗓门极大,屋内的两位先生不约而同地醒了。

柳娘将餐食整齐地放在几案上,刻意打开酒壶盖子:"谢将军特意从北市的玉林酒肆打了一大坛的郎官清。"

太白先生平稳着呼吸,眼睛渐渐亮了。杜子美擦过额上的汗,的确饿了。他站了起来,映入眼帘的是一个风姿绰约的小影。

"这位是杜先生吧。"柳娘年纪不大,举手投足间尽显泼辣和风情。杜子美一怔,晏河洛也没见过这样的阵势,根本没有阻拦。

柳娘麻利地指着几案上餐食:"先生们慢用,我去拿茶点。"

"我就住在前院正堂,有事尽管吩咐。"谢元明也转身离去。这就是分寸,纵然在万众瞩目的"谪仙人"面前,也保持着世家公子的分寸。

屋内只剩下太白先生、杜子美、晏河洛三人。太白先生揉着

第二章　吞人兽

头坐在几案前,端起葫芦顶的酒壶,闻了闻:"妙哉,妙哉,果然是好酒。"

"好像还有什么味道?"杜子美无意地嗅着。晏河洛眯着眼睛也嗅了嗅:"嗯,香,好香的味道。"

"的确很香。"太白先生掰下鸡腿,送到晏河洛的嘴边。晏河洛张口咬住,杜子美微微侧目,或许是自己想多了,很快地加入吃鸡行列。

屋内笑意融融,让人暂时忘却了可怕的妖。

酒足饭饱,柳娘送来了几样小茶点。晏河洛邀请她一同品茶,柳娘谢绝。临走前,她特意嘱咐:"都亭驿虽小,但煞气重,先生们还是不要乱走,尽早启程才是。"

"是西厢的煞气重吗?"晏河洛有意地问。

柳娘摇头:"西厢不过死过一个丞相,真正煞气重的是这里。三天前,凉州来的信使凭空消失了。他们说啊……"柳娘的语调急促了起来。

"咳咳——"沉闷的咳声打断柳娘的话。陈伯拄着榆木拐走了进来,"柳娘啊,碎叶城的驼队明日抵达驿馆,快去准备食材吧,他们已经在大漠走了一年多,连洛邑的水都是甜的。"

"好嘞,陈伯放心,保准让勇士们吃饱、喝足。"柳娘提起襦裙,跨过门槛,"我去后厨瞧瞧,还需要准备哪些时令的蔬菜。"

"好。"陈伯放下小竹筐,里面是整齐的木炭,"这是驼队留下的,听说是硬柴烧成的炭,用来煎水煮茶最好不过了。"

"哦?"晏河洛兴冲冲地凑过去看,那木炭呈暗青色,摇晃起来铮铮作响,"莫非这就是贡品——瑞炭?"

陈伯摆手："我们怎能私用贡品，那可是要杀头的。"

太白先生瞥了一眼，说道："这的确是瑞炭，不过皇宫用的瑞炭，每根至少一尺长，可烧十日，燃烧时没有明火，只有红光，是难得的好炭。"他指向竹筐里的炭："这些碎炭定是路途遥远，零零碎碎，驼队不敢自用，更不敢私自扔掉，于是便留在驿馆，当作礼物，为百姓所用。想来，这也是都亭驿的好处，皇家驿馆是担得起瑞炭的。"

"这么说，我们是有福之人了。"晏河洛满脸喜气。陈伯点头："这驿馆已有近千年的历史了，很多事情说不清，也道不明，说到底，不过是过往云烟的小事，不作数，不作数。"

陈伯感慨了几句，转而问道："不知三位要住多久，要去往何处啊？"

"我们要去王屋山。"晏河洛脱口而出，"至于住多久嘛，嘿嘿，那要等消息。"晏河洛故意卖了个关子。

陈伯无动于衷，淡淡地说了一句："又是去王屋山的。"

"哎，去王屋山又如何？"晏河洛伸着脖子问，陈伯已经离去了。

"真是个怪人。"晏河洛顺手将一块木炭扔进茶炉，木炭闪烁变化，仿佛长满了密密麻麻的火虫，转眼间染红了炭芯。

屋内的温度也骤然升起，三人脸色红润，热汗淋漓。太白先生大病初愈，甚至有些喘不上气来。

杜子美暗道不好，想站起来去开窗，却发现自己连抬手的力气都没有了。他使着眼神示意晏河洛。

晏河洛毕竟是少年，身强体壮。他摇晃着走到窗前，忽然发

第二章 吞人兽

现窗外有人。

晏河洛的脑袋有些木讷,好在手还能动,他在推窗的同时,偷偷飞出自制的小飞钩。小飞钩里暗藏更小的钩子,堪称飞钩遇见飞钩,钩不虚发。

"哎哟。"小飞钩钩住了谢元明的衣袖,"什么鬼物件?"

晏河洛定睛一瞧:"怎么是你?"

谢元明比晏河洛年长三四岁,骨子里依旧是意气风发的少年郎:"怎么不是我?"

"你在屋外鬼鬼祟祟的,谁知道是你呀?"晏河洛急忙往回收小飞钩,可是手指不听使唤,按错机关,飞钩里又飞出飞钩,直接钩在了谢元明的肌肉里。

"哎哟。"谢元明龇牙咧嘴地惨叫,"原来,你才是刺客。"

夜风微凉,晏河洛很快恢复了清醒的神志:"误会,误会。"

"哎哟,不行了,好疼。"谢元明看着渗出的血点子,高大的身子开始晃悠。

"哎,谢将军,谢将军。"晏河洛飞快地跑了出去……

半个时辰后,谢元明、晏河洛、太白先生、杜子美安静地坐在屋内。谢元明的胳膊上规整地绑着一块黑布条。

杜子美笑盈盈地为太白先生添了热茶,谢元明不放心地问道:"真的不会再流血了吧?"

"伤口很浅,两三日就可愈合。"杜子美安慰道。

谢元明点头:"那我就放心了。"晏河洛递过一块杏酪酥:"尝尝,比祥云祥老铺的味道还好呢。"

"那是自然,柳娘手指灵活,揉面是有绝活的。"谢元明接过杏酪酥，大口地吃了起来，"晏河洛，你小小年纪，不学好，弄这些歪门邪道。"

晏河洛不服气地辩驳："我这些是用来防歹人的，谁知道你在外面。对啊，大半夜的，你在窗外干什么？偷听啊。"

"我懒得偷听，我是来查案啊。"谢元明神秘兮兮地压低声音，"这里是命案现场。"

"啊？"太白先生、杜子美、晏河洛面面相觑。

"不是西厢房吗？"晏河洛忍不住地问。

"哎，陈伯糊涂了。"谢元明摆手，"他都从上元年间活到开元年间了，老糊涂了，前来驿馆居住的六人都住在东厢。西厢早就封了，不能住人。"

"怪不得，我们住进来就有古怪，敢情是羊入虎口。"晏河洛愤怒地站起来，"我要去问问陈伯，他安的什么心。"

"河洛。"杜子美唤住他，"陈伯这么做，想必有他的道理。"

谢元明抿了口茶，说道："陈伯出身驿馆，在驿馆一辈子，父亲、兄长都死在驿馆，他对驿馆的事情了如指掌。说到底，这里的每间房都死过人。他见怪不怪了。对了，二位先生在晏府住得好，为何来这里住呢？园子里有古怪，千万不能乱走，尤其是晚上和暴雨之后。"

"我们是去王……"杜子美实话实说。晏河洛起了心思："我们是来捉妖的。"

"就凭你？"谢元明满不在乎地指着晏河洛。晏河洛挺直胸膛，除了满脸的稚气，个头并没有被比下去。

"你不是见识过我的厉害吗？嘿嘿，我的物件还有很多，都是特意为捉妖准备的。"晏河洛往茶炉里扔新柴,炉火正旺,发出"砰砰"的声音。

"你千万别连累了两位先生,他们可是大唐的宝贝。"谢元明向两位先生行礼。

太白先生倒也坦诚:"朗朗乾坤,何来吃人的妖?不过都是凤王酒肆的那般把戏罢了。"

"太白先生,话不能这么讲,凤王酒肆是谋财,不害命。"谢元明凑过去,"外面传没了九个,其实是十个,凉州信使活不见人,死不见尸,凭空消失了。那妖可是吞人的,长了一张血盆大口,是吞人兽!"

7

朦胧的月色宛如裹着香色的轻纱,洒落在古朴的花园,那是一种浸透着凉意的美。杜子美挑着灯笼站在繁茂的花丛中,盯着嫣红的牡丹出神。洛邑的牡丹底色鲜艳,开得极盛,四处弥漫着浓郁的花香。

可惜的是盛极而凋,有些牡丹的花瓣已经掉落,地上铺了厚厚的一层,增添萧瑟之意。

他抬起头,拂过落在袍摆上的一片花瓣,兄长呢?

太白先生正静默地站在一株白牡丹的旁边,似乎将圣洁的白都比了下去。

杜子美缓缓说道:"这里都是洛阳红,没想到还有一株白鹤羽。"

"是啊。"太白先生语调低沉,生怕吵醒了沉睡的花仙。

"吞人兽,真的有吞人兽。"晏河洛挑着灯笼,上气不接下气地跑过来,"谢元明说的没错,西厢果然是住不了人的。"

"到底怎么回事?"杜子美沉稳地问道。

晏河洛指着远处,平复着呼吸:"谢元明带我去过了,西厢的院子落着锁,透过门缝看过去,院内遍地杂草,房屋年久失修,根本住不了人,所以来往的官吏和信使都住在东厢,死去的那七名官员便是在东厢遇害的。"

晏河洛试探地问道:"师父,不如我们走吧,还是住在我家比较安全。"

杜子美摆手:"既然来了,定是要一探究竟。"

"走,去西厢。"他一挥衣袖,太白先生早已走了过去。晏河洛只能壮着胆子跟在后面。

驿馆的布置很规整,前院是正堂和仓房;后院分为东西两院,中间是一处小园。小园有池、有山、有花,还有猫。

猫实在是太多了。

那座池中的假山简直成了猫舍,黑的、花的、黄的、白的……在假山上跑来跑去,灵活自如。

"天啊,比整个洛邑城的猫都全呢。"晏河洛感慨地说道。

杜子美笑道:"驿馆最怕老鼠,猫儿是老鼠的克星。猫儿多子,这上千年下来,子孙延绵,自然就多了。"

"是啊。"太白先生指着一只宛如雪团的小奶猫,小奶猫瞪着圆圆的眼睛挤在假山的小洞里,那是一种既畏惧又想探知的眼神,像极了好奇的孩童。

三人缓缓走了过去，猫儿闲散惯了，在自己的地盘上，根本不怕人。有只狸花猫还跑到晏河洛的脚下，似乎要拽着他的衣摆。

晏河洛温柔地迈了一大步，狸花猫却慵懒地趴在石头上，不慌不忙地喵了一声。晏河洛碰了一鼻子灰。

猫儿和少年的互动，惹得太白先生和杜子美忍俊不禁。

突然，假山上的猫儿躁动不堪，四处乱窜，有几只肥硕的大黄猫竟然跳到池内。那只小奶猫早已不见踪影，狸花猫则躲在晏河洛的脚下，藏了起来。

"这是怎么了？"晏河洛未动。杜子美紧盯着前方，谨慎地说道："假山有异。"

"假山？"太白先生迟疑地看了过去。

哪里还有假山？眼前是混沌的黑烟，越聚越浓，眨眼间吞没了所有。

"太白先生、师父。"晏河洛试图睁大眼睛看清周围的一切，可惜他的眼前只有黑暗。

太白先生和杜子美同样陷入黑暗。这是一种极其诡异的事情，三人仿佛分别坠入三口深井，互相看不到对方，完全孤立，任凭喊破嗓子也听不到对方的回应。

晏河洛很着急，方才受了谢元明的蛊惑，竟然将自己的小宝囊忘在东厢房了。他偷偷看过卷宗，里面的细节和谢元明说的一模一样，一张血盆大口吞人吐发。看来，吞人兽不是吃素的，而他的肉似乎还很嫩——

怎么办？晏河洛伸出双手试图走出迷雾，但是他溺水了，整个人似乎置身于深海，在空中慌乱地爬梯子。他每登一步，都是徒劳的，越是徒劳，越是重复。

一顿折腾下来，晏河洛气喘吁吁，大汗淋漓，几乎虚脱了。太白先生和师父千万不能出事，否则他就真的成了大唐的罪人。

这时，"喵"的一声，让晏河洛的心情平静了一分，是那只狸花猫，他不是一个人。

"花花，你能带我出去吗？"晏河洛俯身抱起小狸花猫，摸着它的额头。

狸花猫享受地喵了几声，蹭了蹭晏河洛，嗖地跑了。

糟糕，莫非它不喜欢"花花"这个名字？晏河洛琢磨着。

这时，外面传来柳娘的声音："花花，花花……"她提着灯笼警觉地看着假山的方向。那里站着三个人，都直挺挺的，伸着胳膊，像是着了梦魇一般。

"喵……"花花跑到柳娘身边。柳娘迈着碎步急匆匆地走过去，花花却叫得厉害："喵、喵……"

柳娘意识到如果直接唤醒梦魇的人，或许会害了他们。怎么办？柳娘想到了一个人。

谢元明过来的时候，体力不支的太白先生已经晕倒，杜子美脸色苍白，四肢僵硬，晏河洛头晕目眩地站着，久久不能回神。

谢元明扯着嗓子，敲着铜锣，喊了一大圈，园子里的牡丹花瓣落了厚厚一层。

晏河洛配合地大喊了一声，嫌弃地捂住耳朵。

谢元明将三人护送回东厢房。屋内炭火正暖，淡淡的茶香让人暂时忘却了可怕的梦魇。

第二章　吞人兽

"哎呀，我告诉过你们，园子里有古怪，不要乱走。"谢元明嘟囔着在屋子内走来走去，"刘县尉就是不信邪，结果从园子里回来就倒下了，再没几日连尸骨都没剩下；还有那个失踪的信使，告诉他不要乱走，他说在凉州什么没见过，结果呢？人到现在都没回来。据我这些时日的分析，吞人兽的手段主要是两种，先是吞人魂魄，也就是失魂；然后再吞人的身体，这是活生生地不给人留活路。刚才太危险了，若不是我及时赶到，后果不敢想，不敢想！也幸亏柳娘看到了。哎，不对啊，后厨在库房附近啊。"

柳娘麻利地放下手中的托盘，为三人端来安神汤："我去寻花花，刚好经过。"

"原来如此。"谢元明微微颔首，"不过，你没有直接摇醒他们，而是去喊我，做得很对，很有头脑。"

柳娘笑道："这算什么？从小在乡下，娘亲就告诉过我，失魂的人不能直接摇醒，要叫魂。"

"对，就是叫魂。"谢元明得意地晃悠着脑袋，"我们谢府有专门叫魂的管事，不仅能叫魂，还会招魂呢。我从小耳濡目染，特别擅长。其实吧……"他沾沾自喜地还想说些什么。

晏河洛的心思早已落在案情上："嗯，假山是猫的家，驿馆最多的就是猫，会不会是猫妖？"

"不像。"杜子美摇头，"猫身小，头大，如何能吞得下一个人？尤其是成年男子。"

"寻常的猫不能，猫妖就可能了。"晏河洛兴致勃勃地讲道，"我在一本书里看过，说一只猫偷吃了佛前的贡品，成精了，足有老虎那么大。"

"后来呢？"谢元明问。

"后来成了神仙的坐骑，上山、下水，还能直通天庭。"晏河洛解释道。

"你说的莫非是《神异经》里似熊、小头、痹脚、黑白驳的食铁兽？"杜子美满脸疑惑，"据说那是上古时代蚩尤的坐骑——熊。"

"不是上古，就是前朝的事情。"晏河洛信誓旦旦，"那本书叫什么来着？是我在三宝书局买的。"

"是北市的三宝书局？"谢元明凑过来，"他家的书啊，都是一群书生胡编乱造的，金吾卫早将书局查封了。"

"是啊，自从他家被查封，我再也找不到奇书了。"晏河洛微微一笑，"他家出的一套《太平女皇》和《控鹤录》，情节跌宕起伏，一书难求，我到现在还没收到旧版呢。"

谢元明撇嘴："我劝你死了这条心，这两本书是金吾卫中郎将督办，亲自集中销毁的，市面上怎么会有呢？"

"啊？"晏河洛惊讶地张大嘴巴，"怪不得呢。不对啊，当今圣上不是杀了太平公主吗？为何又要维护她的名声？"

"这你就不懂了，说到底，都是李家的家务事。"谢元明出身世家，对内宅之事轻车熟路。

"到底是猫还是熊呢？"柳娘的话将众人拉回。

"不是猫，也不是熊。"谢元明言辞笃定，"是吞人兽。"

"或许出在黑烟上，是黑烟有毒，让我们产生幻觉。"晏河洛推测，他看向杜子美，"对吧师父？"

杜子美端起安神汤喝了一口，缓缓放下，转而看向太白先

第二章　吞人兽

生："兄长可有不适？"

太白先生揉着头："头疼好了些。"

"那手腕和腿脚呢？"杜子美又问。

太白先生晃动手腕："醒来时，只觉得手指像一块石头，双脚像是不存在了一般，到底是老了。"

"并非兄长老了，我也有同感。"杜子美伸出双手，做出勾指的动作。可是指节泛白、僵化迟钝，简单的动作做起来竟十分吃力。

"怎么会这样？"晏河洛学着勾手指，似乎也感觉没有从前顺畅了。

"假山起了黑雾之后，就是这样。"杜子美仔细回忆，"当时，我站在太白先生的身后，黑雾起得很快，当我反应过来，想走过去的时候，发现手脚不能动，浑身僵硬，我担心自己变成石像，就努力地抬起手臂，抬得很费力，抬到差不多胸口的位置，便再也抬不起来了。"

"对，我也有同感。"晏河洛说道，太白先生也跟着点头。

柳娘恍然大悟："我看到你们的时候，雾都散去了，可是你们都伸着胳膊，迈着腿，动作怪异。我以为你们中了邪，梦魇了呢。"

"是黑雾的缘由？"太白先生问。

杜子美顿了一下，继续说道："从目前我们的感觉来看，并没有在雾里产生幻觉。"

"这就奇怪了，真的是夺魂？"谢元明困惑不已，"这有什么用呢？"

061

"目前,还没有确切的证据,我不能妄下定论。不过……"杜子美眼神一顿,"此案的死者,都曾看过黑雾?"

"这个嘛……"谢元明有些踌躇,"卷宗在洛邑县衙,金吾卫只负责协助缉拿凶犯。"

"我看过!"晏河洛的声音清脆而急促,又戛然而止,"看过一半。"

"一半?"谢元明费解。

晏河洛解释道:"我只看到了卷宗上的死者名单,卷宗内容封着蜡,据说要得到县令的首肯才能借阅。我偷偷去卷宗库转悠了几回,都被打发回来了。"

"也就是至今为止,除了县令,谁也没有看过完整的卷宗。"杜子美似乎在自言自语。

"不,我父亲看过。"晏河洛微笑道,"父亲主管洛邑的文书,他一定看过。"

"既然如此,明日,我们去趟洛邑县衙。"杜子美看向太白先生,"兄长,可否?"

太白先生微微颔首。

这时,屋外传来簌簌的脚步声,晏长水带着两名不良人不请自来。

"太白先生如何了?"晏长水细心询问道。

"父亲。"晏河洛高兴地凑了过去。柳娘麻利地添了杯热茶,端来了小茶点。杜子美关切地问道:"晏县丞深夜过来,可有急事?"

"我是来送卷宗的。"晏长水重复道,"县令命我将卷宗送过

第二章　吞人兽

来。"

"太好了。"晏河洛喜形于色,"我和师父刚好要去县衙借阅。"

杜子美不解道:"为何如此?"

晏长水面带窘色:"此案涉及甚广,洛邑留守要将此案呈到长安,请大理寺协查。如此这般,就是狠狠地打了洛邑县衙的脸。所以,我等费尽周折,争取到了三日的时间。"

"也就是三日之内必须要破案。"晏河洛皱眉道。

"这怎么可能,人半年没破的案子,三日之内如何破?"谢元明小声嘟囔。

"不得已而为之。"晏长水瞄过空荡荡的屋外,压低声音,"我也是刚刚得知。本案的死者皆为朝臣,其中的刘县尉是宰相的门生,他表面上是路过此地,借住驿馆,实则是来找一封信函的。"晏长水瞥了一眼煮茶的柳娘。

杜子美顿住,侧目道:"什么信函?"

"华盖君的信函。"晏长水一语道破天机,"据说,华盖君成仙之前,留下一封信函,信函上记载了凤王丹的配方,本应送往长安,不料,中间出了岔子,运往了洛邑。那运送的官吏就是本案的前两名死者。"

"这么说,还是与凤王丹有关?"晏河洛脸色惊变。

"此事牵连甚广,迷雾之下,多方势力一触即发。"晏长水坦言,"万不可大意,鲁莽行事。"

"父亲放心,儿子记下了。"晏河洛恭敬地行礼。

"我等不便插手,希望你助太白先生一臂之力。"晏长水看向沉默寡言的太白先生，太白先生的脸颊浮现出满足的笑意。

晏长水又细细地嘱咐几句，留下一摞蜡封的卷宗缓缓离去。柳娘也知趣地走了出去："我去准备明日的餐食，有事尽管吩咐。"

杜子美礼貌地还礼："有劳了。"

屋内只剩下太白先生、杜子美、晏河洛和谢元明。

杜子美熟练地挑起宽大的衣袖，扫过铜镜上的小珠子，淡淡地说道："开始吧。"

"好。"晏河洛散开卷宗，大声地念起卷宗。他每念一段，杜子美便稳稳落珠。

屋内静悄悄的，小茶炉里的炭火发出"吱吱"的灼烧声。那一颗颗珠子仿佛让卷宗上一条条僵硬死板的话转化成一根根清晰的线。

有的听者将这些线揉碎，换成零散的珠子；有的听者将这些线剪短，捋顺，编织成行。大家都在用飞跃的思维分析着诡异的案情，拼凑着凶手的面孔。

那是一个隐藏在暗处的妖，食人的鬼魅。

半个时辰下来，铜镜背后落满珠子，晏河洛放下最后一卷："这就是刘县尉遇害的经过。"

"百闻不如一见，有趣，有趣。"谢元明第一次看到这般射覆断案的情景，面带喜色，少去了世家公子的傲气，担起茶童的活计，频频为大家添茶。

太白先生揉着头，低吟："长安风果然吹到了洛邑。"

杜子美盯着错乱有序的星盘，捡起压在铜镜中间的小珠子，一缕虚无缥缈的光透镜而出。在外人眼里，他紧握珠子，其实他

第二章　吞人兽

是抓住了那道无形的光,诡异的案情就在这小小的乾坤之内。

洛邑县衙送来的卷宗上详细地记载了多名受害者的遇难经过,几乎每位死者都是在雷暴的雨天凭空消失的,而他们的头发都离奇地出现在假山上。

是黑烟的问题?又和雷雨有什么关联?真的有猫妖?

杜子美试图解谜,却找不出那把关键的铜钥。

"这真是奇怪了,一个目击者都没有。"晏河洛思索道,"只有一名马夫说听到了吼声。"

"我觉得未必是吼声,可能是雷声。"谢元明分析道,"除了刘县尉,其他死者都在夜里遇害,夜里本就安静,驿馆的人不多,没有目击者倒也正常。"

"那驿馆有多少人?"杜子美追问。

"嗯。"谢元明狡黠地转动着眼珠子,瞳孔里满是盈彩,"都亭驿的人不多,驿事是挂职的洛邑县令,平日里只有陈伯、柳娘,还有信使马家的孪生兄弟——马阳关和马玉门。两人出生在大漠,从小跟着驼队进京。马夫陈宛是陈伯收养的义子,那是个怪人,一年四季都睡在铺着草料的马槽里。"

"这么说,听到吼声的是陈宛?"晏河洛的心思动了一下。

"是的,马棚在后院,紧挨着西厢房。"谢元明耐心地回答,"如果他有嫌疑,很快就会露出马脚。"

"哦?"晏河洛努起小嘴。

突然,天空中炸出一声响雷。春夏之际,雨来得好快。

"轰!"豆大的雨点倾盆而下,在夜空中形成一条条细密的雨线,迅猛而急切。

"好大的雨。"晏河洛惊呼道。

"是啊，好大的雨。"杜子美的目光追随着雨声而去，瞳孔里缓缓映出了一张雨席。雨席之上是一个天地，雨席之下是一个天地，雨席本身也是一个天地。

三个天地融为一体，又各自分离，这一切都源自"雨"。这小小的水滴，在他眼里是如此柔韧、娇美、胆怯、忠厚……

每一滴都是千姿百态，诗情画意亦是不同。这仿佛是一个人的一生，不，这是一群人的一生，天下人的一生。

那雨席之上是华清池里的满堂高髻和挂着水滴的荔枝；雨席里是觥筹交错、歌舞升平的深宅大院；雨席之下是在田间耕耘的拉着老牛的农夫。

世间的一切竟是如此清晰，又如此遥远，你看不到他，他看不到你，你也看不到我，彼此就是这般的疏离，只有在一场淋漓的大雨里才能映出最真实的画面。

那里会有自己的命运吗？杜子美睁大眼睛，试图寻找自己的小影儿，雨席之下的雨更密了。

屋内寂静无声，相比杜子美淡淡的哀愁，太白先生的眼底盛着对雨后的向往："雨后烟景绿，晴天散馀霞。"

"烟景绿，散馀霞。好诗，好诗。"谢元明激动不已，"谪仙人的意境可直通天庭。"

"天庭里也下雨？"谢元明悻悻地嘀咕，"神仙打不打伞呢？"

"神仙的事情，不知道，但如此大雨，人间必定要打伞。"晏河洛指着屋外的人影。

那人的脚步很快，半旧的竹伞撑不住飞来的雨滴。

第二章　吞人兽

"谢将军,不好了,陈宛不见了。"来人神色慌乱,布鞋都湿透了。

谢元明脸色惊变,急忙冲出去:"不是让你看着陈宛吗?你不是练家子吗?"

"今晚的雨这么大,我以为他不会出去了,谁知道,我只打个盹的工夫,他就不见了。"来人恭敬地说道。

"就这样,还想入金吾卫?"谢元明气愤地摆手。来人是守城的武侯——潘小七。两人在刘氏肉铺相识,潘小七为人机灵,总想着出人头地,与急于破案立功的谢元明一拍即合。于是,两人结为同盟,谢元明在明,谢小七在暗。谢元明在都亭驿查了数日,毫无线索,他便采用车轮战术,派出潘小七暗中调查都亭驿的所有人。

第一个受到监视的柳娘,率先通过考验,接下来的马家兄弟在前日也顺利过关。眼下轮到陈宛,没想到出了事。

"谢将军息怒,我立刻去寻他。"潘小七的心气儿盛,不由分说地跑了出去。

就在这个空当,黯淡的雨夜传出一声惨叫,伴随着雷声,仿佛是嘶吼。

"嗷、嗷、嗷……"

"是西厢房。"晏河洛竖起耳朵,神色异常坚定。

8

暴雨倾盆而出,雷电交加,划破雨夜的闪电努力缝补着支离破碎的天幕，风声、雨声、雷声、嘶吼声缠绕在一起，宛如艳丽的、淬着毒的蛇信子，每一次吞吐，都是对死亡的凝视。

破损的西厢动了起来，两扇斑驳的门板在雷雨中摇摆不定，众人结伴而入，惊呆得变成了一尊尊镇宅石。

世上真的有妖！晏河洛的腿都软了。

西厢的青砖墙上出现一张血盆大口，鲜红的颜色让人不敢直视。那张嘴宛如晃动的门板，时而满弓，时而半弓，时而眯成一条缝，时而挤成一团。

古老的墙壁似乎是剑拔弩张的戏台，那张嘴就是戏台上的幕布，真正的主角是幕布前的小黑点。

无论嘴是什么形状，小黑点都是猎物，他的头钉在血泊中的祭台上，虔诚得像是献祭的猎物。

"是陈宛。"谢元明一眼就看了出来。

只见陈宛踩着泥，僵硬地站在墙前，在众人的视线里，他仿佛是刚刚破土而出的俑。

但是，在假山之上，那一双双幽幽的瞳孔里倒映出了一个又一个凌乱的俑。

那是院子里的每一个人。

"啊，有妖，妖来吞人了。"谢元明情绪激动地扯着嗓子大喊。

"轰！"一道破碎的闪电划过，瞬间的白光照在每个人的脸上，那是惨淡的白。

那张血红大口也张到极限，赤红的颜色泼满半面墙壁。

突然，陈宛着火了。准确地说，没有火，只有烟，那宛如黑

第二章　吞人兽

蛇的烟从他的头顶猛地蹿了出来，和假山上的黑烟一模一样。

萧瑟的院落，滚滚的黑烟，抽离魂魄的人，墙壁上的血盆大口……一切的一切，仿佛被电闪雷鸣的大雨唤醒。

幻境还是真实？

"啊……"谢元明顾不上公子的矜持，惊恐的脸颊在雨水的冲刷下变得模糊不清。

紧要关头，晏河洛表现出强大的智慧和沉稳的性情："快去救人。"他一边喊，一边伸手去抓陈宛。

到底迟了一步。

一声巨雷响彻雨夜，那血盆大口里竟然跑出来一个长着两个脑袋的怪兽，怪兽浑身布满鲜红的血丝，看不清脸。那怪兽迅猛地扑倒陈宛，生生将陈宛拽进血盆大口。它蹲在嘴里，两个脑袋同时转向晏河洛。

"快跑。"杜子美和太白先生同时大喊。

"啊！"晏河洛的额头满是大汗。他颤抖地攥紧手掌：那是一缕烧焦的碎发。

他想动，可是双脚又开始不听使唤。晏河洛内心不停地挣扎，身体却一动未动。天啊，他不会是下一个陈宛吧。

"师父救我。"晏河洛的喉咙里发出嘶哑的蚊声。

杜子美焦灼不堪地甩出竹伞，墙壁上的嘴似乎合上一些，怪兽不见了。

雷声远去，雨渐渐小了，淅沥沥的雨声宛如催眠曲，院子里渐渐安静下来。

"花花……"柳娘的喊声尖锐而清脆，一只狸花猫从墙上跳到了晏河洛的怀里。

鸡鸣时分,天还是黑的,凄美而漫长。淡去的狂风暴雨将漆黑的夜剪成数不清的碎片,每个碎片里都裹着离奇的画面,或是一张嘴,或是一张脸,或是一炷烟,又或是一缕发……

屋内消沉无声,时而传来咕咕的声音,茶炉里煮着安神汤,柳娘正轻轻地搅拌着汤水,掌握着火候。

谢元明依旧处在雨夜的疯癫中,他战栗地裹着柔软的毯子,鬓角挂着水珠:"有妖,吞人的妖。"

"谢将军,你从前可见过?"杜子美冷静地问。

"没有。"谢元明摇头,"那都是我吹牛的。我以为是林子里的野兽,只吃肉,不吃头发。没想到,这妖长成、长成这个样子。"

谢元明实在无法形容内心的震撼,他抓起晏河洛的衣袖:"河洛,你看到了吗?那是地狱里的脸,陈宛是被鼻孔吸走的。"

"不对啊。"晏河洛惊讶道,"怪兽长着两个脑袋,陈宛是被怪兽拽走的。"

"是吸走的。"谢元明坚持道。

"是拽走的。"晏河洛固执地反驳。

"太白先生。"

"师父。"

两人分别找人助力,来证明自己是对的。

可是,太白先生早已安睡,杜子美正在仔细地看着陈宛留下的那缕发。两人谁也没有应答。

反倒是柳娘开了口:"什么脸啊,嘴啊?墙壁上分明是一只

第二章　吞人兽

手,哪有怪兽?我亲眼看到那只手拽走了陈宛,手掌上还有一道流血的横纹呢。"

"《无常经》曰:世事无相,相由心生,可见之物,实为非物,可感之事,实为非事。"杜子美坦言,"看到什么不重要,重要的是陈宛这样一个大活人,就活生生地在众人面前消失了。"

"师父,会不会是幻境?又或者那里是连接阴阳两界的门?"晏河洛低沉地问道。

"阿嚏!"谢元明缓缓回神,抢话过去,"我看你是闲书看多了,什么幻境,什么阴阳两界,这里是洛邑神都,天子的地盘,就算世间有连接阴阳两界的门也不会在洛邑啊。"

"那万一是冲着天子来的呢?"柳娘随口说道。

"嗯……"小榻上的太白先生翻个身,发出一声梦呓。

杜子美瞄了柳娘一眼,转而说道:"此案诡异,我不敢断言。但是就目前的证据来说,是木炭。"

"木炭?"晏河洛惊讶道,"是陈伯送来的瑞炭?"

杜子美端起小瓷盘,里面是细小的黑色炭粒:"这是我从那缕烧焦的头发上找到的。"

晏河洛眼前一亮:"我知道了,陈宛头顶的黑烟和假山上的黑烟都是因为木炭。瑞炭无烟,或许有种炭专门生烟。"

"炭可以解释,那墙壁上的……"谢元明咽下了脸字,"那只吞人兽,如何做到的?"

"这个嘛……"杜子美摇了摇头。

晏河洛却想起来一事:"下雨前,我去过西厢的院子,门板上了锁,门板上的鎏金铆钉几乎都掉了,门板上的颜色深浅不一,那些铆钉留下的小洞都积满了泥土。方才,雨停,我们离开院子的时候,我发现有两颗铆钉留下的小洞很干净,没有雨水冲刷的痕迹,而且那两个小洞接近铜锁的位置。也就是说,夜里的空当,歹人抓走陈宛破门而入,又或者陈宛有铜钥。"

"陈宛有铜钥也正常,驿馆人少,除了喂马,他还在园子里干些粗活。我们去的时候,陈宛已经在院子里了,或许是有人绑他去的。"柳娘说道。

"那你为何去?"杜子美问道。

"我去找花花。"柳娘叹了口气,"雨下得很大,我去关窗,盖菜窖门,发现花花不在了。花花若是夜里不在菜窖守着,明日我们都得饿肚子。菜窖的老鼠多,专啃新鲜的菜叶。"

"是的。"晏河洛坦言,"近来洛邑闹鼠患,几乎家家都养猫,我家菜窖里也有一只大黄猫守夜。"

"哦。"杜子美点头未语。谢元明似乎想到了什么:"不对啊,陈伯呢?陈伯夜里睡不实,总在园子里溜达,今夜怎么不见他?"

"糟了,小七,潘小七。"谢元明大喊,"快去看看陈伯。"

"好嘞。"屋外闪过一个黑影,转身而去。

不一会儿,潘小七将晕倒的陈伯背了回来:"我是在假山后面发现陈伯的。"

"快去煮碗姜汤来。"杜子美摸过陈伯额头上的伤痕,"他是被重物击打导致昏迷的。"

"我这就去做。"柳娘提着襦裙离去。

"谁这么大的胆子?"谢元明气得牙痒痒。

第二章 吞人兽

晏河洛心思敏捷地问道:"陈伯的拐杖呢?"

潘小七挠头想了想:"假山后面有些乱,我看到陈伯躺在地上,就立刻将他背了回来。我再去瞧瞧。"

潘小七再次跑了出去。

谢元明摇头:"瞧着这个架势,这辈子只能守城门了。"

"守城门也非易事。"杜子美拣出几味香料撒落在茶汤里,淡然地说道,"以他的出身,祖辈两代人的努力,做到守城门的武侯实属不易。想来,潘家在街坊眼里也是高攀不起的。不过……"

杜子美顿了顿:"不过,潘家人再努力,怎能比得过乌头门?而那些拼尽全力的努力,在外人看来,也是上不去台面的。因为有的人一出生就在龙门,有的人只是一条普通得不能再普通的鱼。"

"师父,我来帮你。"晏河洛深知杜子美话里有话,其实,在他眼里,师父的才情不逊于"谪仙人",师父少的只是可遇不可求的机会和岁月的磨砺。

谢元明从小听惯了奉承讨好之词,就连学堂里教授学识的先生都以谢家为荣,从未听过如此新奇之语。

他开始重新打量眼前这位布衣先生,那一举一动、一言一行都浸透着源源不绝的文气,骨子里更是隐着坚韧挺拔。

茶炉里的炭火很旺,温暖的火光映在杜子美的眼底,似乎藏着一座燃烧的火焰山。

这般的人,该有怎样的一生?

这时,潘小七急匆匆地跑了进来:"找到了,找到了。"他带回了陈伯随身的榆木拐:"我在假山的山洞里找到的。"

晏河洛接过榆木拐,对比过陈伯额头上的红印:"歹人就是用这把拐击打的陈伯,没有吞人兽,是歹人在作怪。"

"这就奇怪了。"谢元明推断道,"歹人是想在西厢的院子里谋害陈宛,偶遇到陈伯,再将陈伯打晕?还是歹人想谋害的是陈伯,偶遇到陈宛呢?"

"无论歹人想谋害谁,他应该就在驿馆之内。"杜子美语出惊人。

"唉!"陈伯发出一声淡淡的轻叹,缓缓地睁开了混浊的眼睛。

"陈伯,谁袭击了你?"谢元明是个急性子。

陈伯的声音很小,颤抖的音调里带着惊慌:"是一个长着两个头的妖。"

"啊?!"谢元明有意地看向晏河洛。晏河洛追问道:"你可看清妖的样子?"

"没有,夜里太黑,又下着雨,我的灯笼被风吹跑了。我只看到两个头,从假山上爬出来。"陈伯痛苦地闭上眼睛,虚弱得宛如残烛。

"那就是吞人兽啊。"谢元明的语调带着一丝怯意。

潘小七开了口:"嗯,我在假山的山洞里寻到了这个。"他拿出两个拇指大小的黑块。

"是木炭。"晏河洛十分笃定地说道。

"假山上怎么会有木炭?"谢元明迟疑地挠头。

"这个嘛。"杜子美径直拿起一块扔进热气腾腾的茶炉里。那

第二章　吞人兽

小黑块在热炭的引燃下膨胀、胀裂，变成几个不均匀的小碎块，而小碎块并没有变色、燃烧。

就在众人奇怪之际，茶炉里竟然冒出滚滚的黑烟，烟势越来越大。

"快喊醒太白先生。"杜子美狂奔向小榻的方向。影影绰绰中，一双眼睛猛地睁开了。

9

"七月有七日，蠢动思登高，显首稀乾精，方类自相招。"杜子美望着远处在狂风中乱舞的柳条，感慨而语。

太白先生仰起头，喝下陈酿："亳丘子喜欢奇花异草，林木修竹，字里行间总是透着天地之气。"

"是啊。"杜子美低吟道，"这首《登高》有时有景，有思有情，将字入景，定是真情流露。"

"非也，非也。"太白先生洒脱地摆手，"贤弟想多了。"

"哦？"杜子美疑惑，"请兄长赐教。"

太白先生站起来，缓步走到屋檐下："真情流露只是其表，更重要的是——"

突然，骤风大作，天地万物都晃动了起来。杜子美下意识地退了一步，踌躇间，那坚定的背影宛如磐石站在那里，一动未动。

"兄长！"杜子美喊。

太白先生畅快大笑，他不退反进，舞剑吟诗于假山之畔。

谢元明疾步而来,大呼精彩:"天公擂鼓雨抚琴,谪仙人舞剑精彩绝伦啊!可惜了,此情此景,没有琼浆佳酿相伴。"

"兄长邀谢将军来,可不是为了饮酒。将军你看。"杜子美指向前方。

谢元明转身,雨帘后,西厢房又一次活了起来,那斑驳的青砖墙,不知何时有了色彩。紧锁的大门咯吱作响,似有妖邪欲破门而出。

谢元明抽出横刀,拉开架势:"谁?出来,休要装神弄鬼。"

耀眼的银蛇游过墨色的幕布,滚滚雷鸣过后,两扇门倒在地上,溅起泥渍水花。

一只利爪探出,两颗头颅嘶吼。虽听闻有妖吞人,颈生双首,可它的模样,院中几人,还是第一次见。

太白先生叹了一声,杜子美问:"兄长识得此妖?"

"《山海经》中有云,大荒有兽,生双豕首,左有獠牙,右有独角,其名屏蓬,祸之源也。"太白先生剑指前方,"为何要扮作此兽,意欲何为?"

"扮?此兽非真?"谢元明惊讶地转身。一道寒光自怪兽口中飞出,直奔谢元明的后脑而去。

杜子美大喊:"将军小心。"

谢元明低头,一只钩子飞了出来,晏河洛及时出现,大喊:"看我的。"一只毛茸茸的爪子碎裂成两半,落在地上。

杜子美俯身,捡起那碎裂的爪子,嗅了嗅道:"铁爪、木骨,还有羊皮。此物应是机关术所造,不过,这机关术自贞观十年……"

第二章　吞人兽

"慎言。"太白先生并未吃惊，似乎早就知晓一般。

谢元明也想在两位先生面前露一手，他横刀出鞘，纵身向前，直取怪物头颅。

怪物大吼，宛如鼓鸣虎啸。它飞出另一只利爪，谢元明灵活躲开，反手挥刀逼近。

怪物竟然站立起来，它腹生鳞甲，肢粗如腿，蹄平如足。最奇的是右首七窍，喷烟吐雾；左首獠牙，狰狞恐怖。

谢元明的横刀斩在鳞甲之上，发出刺耳的摩擦声。晏河洛紧盯着怪物，寻找下手的机会。

黑色的烟雾更加浓郁，杜子美揉了揉眼睛，他竟觉得，那怪物并非假扮，无根的雨水涨大着它的身体，雷鸣附和着它的吼声，它每踏步向前，似乎都地动山摇，池涌屋颤。这让他想起最近的梦，恐惧自心底生根，迅速茂盛。

"吸气，那烟炭里的致幻剂，在随湿气蔓延。"晏河洛的声音响起，他将手帕放在杜子美的鼻子下面。

杜子美大吸几口，眼神恢复了清明。黑烟有问题，本就是他发现的，手帕上的清脑凝神香，也是他亲手制作的。只是刚刚，他看得太入迷，竟陷了进去，还好有徒儿在旁。

"河洛，快带两位先生离去。"谢元明大喊，他已经力不从心。怪物的前蹄踹在他的胸口，他飞了出去。

晏河洛飞出绳索卷回谢元明，杜子美和太白先生退到了假山后面。

晏河洛和谢元明也躲了起来。

"怎么样？"晏河洛问。

"妖邪未除,金吾卫怎能退却?"谢元明扬起了头。他不甘示弱地再次抽刀,冲了出去,锋利的横刀又一次砍在怪物的鳞甲上,他直接跃上了怪物的背。

杜子美忽然大喊:"河洛,动手。"

一瞬间,金光四射,一张大网将怪物与谢元明同时束缚其中。晏河洛从假山上跳下来,肩膀上还趴着慵懒的花花。

"晏河洛,这是何意?网我做什么?"谢元明在网兜之中大喊,怪物也随之剧烈挣扎,似乎要将谢元明从背上摇下来。

杜子美冷笑:"谢将军,别再演了。太平乐中的狻猊舞,一人在前,两人在后,你们不过是将狻猊换了模样罢了。兄长与我,会如此蠢笨,看不透你们的伎俩?"

"先生误会元明,元明乃金吾卫,怎么会与妖邪同流合污?"谢元明大喊。

太白先生叹气:"若此妖非屏蓬,我自不会认为谢将军与妖邪有关。将军可知,屏蓬它,寓意为何啊?"

"为何?"

"让河洛告诉你。"太白先生冷笑道。

晏河洛解释道:"此兽果然非将军所造,将军被那机关门的匠人骗了,他用此妖告诉我们,你有问题。屏蓬的寓意是意志相对,古人常用它来形容部落首领之争,你看此妖,左雄右雌,左壮右萎;不战时匍匐如犬,战时飞爪舞牙。这不就是在说,操控它之人,是那胜利者的走狗爪牙吗?"

谢元明大怒,手中横刀直刺身下怪物:"老贼,你竟然包藏祸心。"

第二章　吞人兽

"呜呜……"两个身影跃出，左侧的手持獠牙，右侧的手持板斧。

手持獠牙的老叟众人都认得，正是都亭驿的老仆陈伯："谢将军宁愿信小人的一面之词，也不愿相信我这个盟友吗？"

"盟友？你也配。"谢元明挥刀，杀气四射。

陈伯与那持斧壮汉一左一右，你攻我守，你刺我劈。谢元明实力强、身法好、速度快，可陷网内空间狭小，网扣处挂满倒钩、短匕，他根本施展不开，一会儿的工夫，鲜血便染红了那身衣衫。

"谢将军，瑞兽非我所造，老朽也是被他人蒙骗，我再给你一个机会，与我们一起，破开此网。你莫忘了，你来此处的任务。"陈伯飞出坚硬的獠牙刺入谢元明的胸口。

谢元明的胸口本就有伤，鲜血顺着口鼻喷出。猩红的血沫吐在陈伯的脸上："大将军不会放过你的。"

"要死了，嘴还这么硬。"陈伯用力刺穿了谢元明的喉咙，夺过那把横刀，劈向陷网。

晏河洛立刻拉网，陈伯将持斧壮汉作为挡箭牌，杀出一条血路逃走。晏河洛去追，迎上了惊慌失措的潘小七。

"将军，将军。"

暴雨中，一张大网如吞人巨兽，似正咀嚼什么，潘小七吓得两眼一翻，昏了过去。

"是潘武侯。"晏河洛伸出手，试了下他的鼻息，"急促有力，应是被烟炭所感，惊了心神。"

"这里不是说话的地方。"太白先生收剑归鞘。

三人回到厢房之中。

晏河洛为难道:"谢将军乃金吾卫,死在驿馆之中,该如何解释?"

"先去看看网中的人。"杜子美提议。

晏河洛绕着走了几圈:"此物甚是精妙,师父可懂?"

"太平乐的狻猊,我倒懂些,机关门的玩意,多有暗扣,贸然拆卸会被反噬。此物为吞人兽,应交由晏县丞处理。"杜子美拦下晏河洛。

"救命!"潘小七醒来,大喊,"救命,将军救命。"

三人对视一眼,没有言语。

"先生,何故绑我?"潘小七问。

"你与谢将军一明一暗,将军战吞人兽时,你在何处?"杜子美问。

潘小七大呼冤枉:"将军命我盯着柳娘,下雨时,柳娘去了陈伯的房间,我一路跟在后面,听里边没有动静,便推门进去。陈伯房中,没有柳娘身影,倒是有一具尸体。"

"谁的尸体?"晏河洛急切地问。

潘小七咽了咽口水:"陈、陈伯的。"

"你撒谎,陈伯明明……"

杜子美起身,拍了下晏河洛的肩膀,晏河洛跑了出去,不一会儿便拖回了陈伯的尸体。杜子美捏住那张脸上的皱纹,轻轻一拉,一张俏脸映入眼帘。

晏河洛惊道:"我认得她,她在里仁坊表演过太平乐。"

"红绸束颈,她是红手门的妖人。"太白先生道。

第二章　吞人兽

杜子美伸手，将一颗珠子压在铜镜中央："如此看来，陈伯是机关门的人，他隐姓埋名藏匿在都亭驿内。红手门得知了他的身份，便胁迫他，制作了吞人兽——屏蓬，屏蓬完工后，红手门便杀人灭口。"

晏河洛聪慧地说道："谢将军发现红手门诡计，与之一战，我们赶到时遇害。潘武侯，那红手门……"

"我与妖人没有关系，两位先生明鉴啊！"潘小七大喊。

太白先生与杜子美对视一眼，点了点头："河洛，给潘武侯松绑，吞人兽案已破，还请潘武侯去通禀晏县丞。"

"此事包在小七身上。"潘小七挣扎着站起身，向两位先生行下叉手礼，离去。

晏河洛看着他远去的背影，问道："师父，要不要我跟上去？"

"他是谢元明的后手，也是谢元明的替罪羊。他活着，可以找出谢元明背后之人，对我们更加有利。"杜子美只说其一，没说其二。

那屏蓬寓意权力纷争，雄首爪牙是金吾卫，能将金吾卫当成爪牙之人，只有当今圣上。

而雌首……

积善坊？杜子美心中的疑问愈加强烈。有些事儿，只能烂在心里。杜子美仿佛又听到了兄长的话："慎言。"

"河洛，你去哪儿？"杜子美收起手中的铜镜，见晏河洛正向外走去。

晏河洛好奇地说道："去陈伯的房间看看。能制出屏蓬，定是个不简单的人物,或许房间会留点什么痕迹。"

陈伯的屋子不大,散发着霉味。箱子、柜子皆开,杂乱不堪。

三人寻了好久,并未寻出端倪。晏河洛不死心,气得跺脚,这一跺脚不要紧,却跺出了秘密。

"是空的。"晏河洛盯着脚下的回字纹地砖,用心地敲起来。一番心算后,他掀开其中一块地砖,挖土寸余,取出一个油布包。

"这是旧物!"杜子美笃定地说道。他颤抖地打开油布包,一块磨得发亮的赤铁令牌露了出来。

"太平……"晏河洛捂住了小嘴。

杜子美皱眉道:"果然与她有关。"

"那个柳娘呢?想必她也在寻这块令牌。"晏河洛直言。

"她就住在隔壁。"一行人随着晏河洛破门而入,房间内并没有人,床铺上铺盖还在,一卷书摆在最显眼的地方。

杜子美翻开书:"梦游天姥欲登龙,王屋山上寻华仙。"

"只有这一句?"太白先生问。

杜子美点头:"其余所录,皆是来往官员的死因与埋尸之处。"

"这……"伴随一声叹息,天色渐渐暗了下去。

夜禁前,街上行人寥寥。刘氏肉铺靠窗的那一桌坐着一老一少两个武侯。几杯曲米春下肚,两个人的话多了起来。正巧窗外,一队不良人赶着马车,疾驰而过。

"那个是潘小七吧?你看他那狼狈的样子,跑得那么急,定是那妖又吞人了。"年少的武侯嘲讽道。

第二章　吞人兽

年长的武侯端起酒杯:"穿得将军衣,受得将军苦,想进金吾卫,哪有那么容易?"他压低声音:"听说了吗?吞人兽案破了,晏县丞已经赶往都亭驿了。"

"都亭驿!"

此时,都亭驿的东厢房外,四具尸体与屏蓬并排摆在一起。

"吞人兽案能破,两位先生帮了大忙,此物可堵住留守人人的嘴,保住了我们洛邑县衙的脸面。"晏长水指着屏蓬。

太白先生将柳娘留下的书递了过去:"我们对照过笔迹,此信应是谢将军所写,他已将一切都调查清楚,只可惜……"

晏长水叹气道:"皆有命数。"

"吞人兽案的罪魁祸首便是陈伯和谢将军。他们以太平乐中的狻猊之法扮成吞人兽,加以御贡的烟炭辅助,害人性命。"杜子美说道。

晏长水点头:"我会将此案经过如实禀告县令。"

"辛苦晏县丞。此事已了,我们也该出发了。"杜子美行下叉手礼道。

晏长水赶忙还礼:"天色已然不早,两位先生何故如此着急?"

"不是我们着急,而是仙踪已现,过时不候。"太白先生看向晏河洛拉来的马车。在上车前,他低声叮嘱道:"吞人兽案莫要深究。"

晏长水笑容一僵,似乎想到了什么。待他抬头望去,马车渐行渐远:"爹爹,我随先生们去寻仙了!"

第三章　寻仙记

寻雍尊师隐居
【唐】李白
群峭碧摩天，逍遥不记年。
拨云寻古道，倚石听流泉。
花暖青牛卧，松高白鹤眠。
语来江色暮，独自下寒烟。

10

仙雾隐隐，白雪皑皑，棉靴踏于雪上，咯吱咯吱……
这里是王屋山！
太白先生抬头仰望山峰，心中满是向往，白云子司马承祯在

第三章　寻仙记

此地建立道场时，他便想来，可惜总是没有缘分。

"子微仙长道行高深，应能知晓华盖君之事？"杜子美轻拭额头汗珠，每每想起那张将他与兄长聚在一起的密函，心中便满是忐忑。

太白先生笑道："白云子若不知，这仙山之上，又有何人能知？"

杜子美缓缓看向群山，山涧传来若有若无的泉声，情不自禁地低吟道："拨云寻古道，倚石听流泉。兄长这首隐居的诗，果然有悠悠的仙风。"

"哈哈……"太白先生拂过胡须，尽显"谪仙人"的风姿。

"你们看，"晏河洛指向前方，"前面有座道观，希望可以留宿我们。"

"可是到阳台观了？"太白先生大喜地疾步向前，脚下一滑险些摔倒。杜子美及时扶住了他。

晏河洛迟疑地说道："实在太远了，看不清道观上的字，不过，似乎有很多人在门前排队。"

"那就是阳台观了，整座王屋山，只有阳台观才有此香火。"太白先生大喜，"走，上山。"

三人奔着山头走去，可是当他们走近时发现，此处并非阳台观，而是一座诡异的道观。晏河洛在远处看到的那些在道观前排队的人，也并不是人，而是一些戴着白色面衣的木偶。

木偶们有高有矮、有胖有瘦，有男有女，有老有少，每一个都栩栩如生，似乎被天上的神仙定住肉身，抽取了魂灵一般。

按照大唐的习俗，白色的面衣只有死人才戴，这种穿人衣的木偶被称为替死偶、求寿偶或长生偶，多摆在还未完成的墓室之中，像这样摆在道观前的，晏河洛还是第一次见。

晏河洛怯怯地说道："这也太古怪了。"他壮着胆子，掀开一件面衣："它们只画了眼睛，没有嘴巴。"

太白先生越过木偶，走到道观的门前："雨后风扫地，门前月为灯，他们是在祭拜山神。"

"好生奇怪啊。"晏河洛悄悄地推开虚掩的木门。

伴随沉重的门轴声，院落里响起叫骂："无言，你个蠢货，仙门是你能走的吗？角门没拴，还不快滚进来。"

晏河洛赶忙缩了回来。杜子美默默地指向一旁，正门的侧方，果真有一角门，只是角门矮了好多，小河洛进出正好，他与兄长都得低头才能进入。

晏河洛没有客气，直接走到角门前，推门而入。

一道门隔开了两个世界，道观内干干净净，无尘无土，通往大殿的神道两旁立着各式木偶，有耍枪的、拿刀的，也有拉弓的、驾车的……这里的木偶与道观门外的大不相同，每个木偶皆是鱼头人身。

一老者正在大殿前练拳，见三人进来，面带惊讶："诸位是？"

杜子美行下叉手礼，问候道："多有叨扰，我三人行至此处，天色渐暗，还请道长行个方便。"

老者转身到木偶的背后，停在三人面前："我可不是什么道长，三位既要留宿，那就随我去拜见仙人吧。"

"此处有仙人？"晏河洛眼神发亮地看向四周。

第三章 寻仙记

老者抚须大笑："哪个道观里没有仙人？道观便是仙人府，我为仙人的老仆。"

太白先生与杜子美对视一眼，跟上他的脚步。

老者身上穿的纸袄非常臃肿，也不知里边絮了些什么，但是行动起来，灵活敏捷。他边走边介绍道："我们的道观是祭拜山神的。你们看到院子里的小龙了吗？"

"小龙？那些不都是鱼吗？"晏河洛很是不解。

老者回头看了眼晏河洛："小施主，这人要修仙，鱼要修龙，它们现在的确是鱼，但是跃过龙门，便成真龙。"

"嗯？"王屋山上多高人，白云子还没见到，倒是从老者口中得知了成仙得道之径。晏河洛受到了启发："鱼有龙门可跃，人是否有仙门可跃？"

老者摇了摇头："天下万物，皆有自己的路。鱼的路是跃龙门，人的路是修仙丹。在王屋山，有一仙人，道号华盖，居于三山之下，忘忧泉底，曾聚气成丹，名曰凤王，食之可长生不老，寿与天齐。"

"华盖君。"

"凤王丹。"

杜子美与太白先生同时在内心惊呼。

老者打量着他们，表情严肃地劝道："华盖君的道场有神守看护，非常人可进，三位若为了那凤王丹而来，我奉劝三位，还是早些回吧。切莫因贪婪丢了性命。"

"道长误会了，我与兄长只是听闻过此事罢了。兄长与阳台观的白云子道长是朋友，我们此次登山，是为了访友。"杜子美挑开了一个无关紧要的话头，毕竟还不清楚眼前的这位老者是敌是友。

"你们要去阳台观？哎呀，路走错了，明日我为你们指一条捷径，只需两个时辰，便能抵达阳台观。"老者轻轻推开了那扇大殿之门。

弥漫的香烛烟雾宛如无常的姿态漾了出来，待烟雾散去，大殿露出真实的样子，蛟龙盘梁，鳖坐莲台，墙壁上的彩砖上拼出群鱼高跃龙门的情景。

在老者的引领下，三人屏住呼吸走了进去。只见老者燃了三根香烛，插入炉中，又低声诵念着什么。好一会儿，老者起身说道："仙人已同意你们留宿，请跟我来。"

晏河洛大呼怪异，想问个明白，杜子美对他摇摇头，主动开了口："道长，还不知您的名讳是？"杜子美隐约觉得这位老者与庙宇都不简单，他的话里话外全是机锋，好似说了很多，可仔细想想，又什么都没说。

果然，老者脚步一顿："名讳？主人不曾恩赐名讳，仆人哪有名姓？你们就叫我无名吧。"

"无名道长。"杜子美深深一躬。

"请……"无名恭敬地还礼。

其实，道观并不小，共有四个院子，中间是大殿，后院是菜园，左右各有厢房皆可住人。

三人在无名的安置下，住进了西厢房。太白先生拿出一贯钱当作香火费用，无名没有推脱。不一会儿，他送来了粟米饭和干菜汤。

第三章　寻仙记

三人整顿后，开始用餐，杜子美和太白先生悠然地坐在案几前。晏河洛憋了一肚子的话，总算有机会问："师父，大殿里供的究竟是哪位神仙啊？"

"非仙人也，而是神守。"杜子美笃定地说道，"只是为何被人改供神守，这其中，必有蹊跷。"

晏河洛追问道："神守？是给华盖君看守道场的神守？神守到底是何物？我为何没听过，没见过？"

杜子美拿出小铜镜，将小珠子压在中心，说道："《淮南子》有云，鱼满三千八百，则蛟龙引之而飞，纳鳖守之则免，故鳖名神守。这庙内供鳖为仙，拒人偶于外，鱼偶为兵，龙盘梁上，根本就不是那无名所说，鱼成龙，人成仙。"

其实，在没有进入大殿之前，他一直觉得，那位自称无名的老者是位高人，在进了大殿之后，见到莲座上的神守像，他的想法有了巨大的转变。若不是兄长暗示，他也会问其缘由。

"好汤。"太白先生喝了口汤，说道，"白云子曾与我说过，人有人气，仙有仙气，我想，龙应该也有龙气。神守将本应成龙的鱼束缚池中，池水之中必然龙气翻涌。"

"先生是说，食鱼如食龙？"晏河洛的声音有些虚，他最爱吃的便是鱼脍，会不会吃了拥有龙气的鱼哇？

太白先生摇头："我是觉得，这种汇聚龙气的方法，很可能与凤王丹有关。那无名的话，你们可还记得？他说，华盖君住在三山之下，忘忧泉底。"

"我知道了，那些龙鱼，是养在忘忧泉的。"晏河洛站起身，"我去问问他，忘忧泉在什么地方。"

089

太白先生拉住他:"我想,他是不会告诉你的。"

"是啊。"杜子美又落下一枚珠子,看了眼窗外,"求人不如求己,此事要从长计议。"

"嗯,也对。"晏河洛微微点头。这时,有脚步声从门外传来,厢房内的三人对视一眼,安静了下来。

无名推开门,他带来了柴火:"夜里冷,山里没有炭,香松倒是多的。"

"谢谢。"晏河洛挽起衣袖接过松枝。

无名擦了擦看不清的汗珠子,低声说道:"三位来得巧,今晚是神山显灵的日子,会来很多人朝拜。你们尽量早些睡,听到动静也不要出声,更不要出来,以免遇到麻烦。"

"神山?"晏河洛心头一动,"哪里有神山啊?"

"就在大殿后面。"无名推开厢房的后窗,一阵凉气袭来,三人逆风望去,果真有一座仙气飘飘的神山。

"多谢提醒,我们知晓了。"杜子美行叉手礼道。

无名叹气道:"是我年纪大了,忘记了此事,方才应该让你们再走几里山路去其他地方留宿。"

"这天寒地冻的,没有您收留我们,我们就要露宿岩洞了。"杜子美感激地说道。

无名点了点头,又轻轻摇头,似有似无的叹息随即而逝:"早些休息。"

晏河洛关好门,走回到两位先生的身边,呆愣愣地看着神山说道:"先生,华盖君不是住在三山之下,忘忧泉底吗?王屋山为一山,这道观为一山,再加上这神山,刚好是三山啊。嗯,有没有可能,那里有忘忧泉?"

"这……无名给我一种熟悉的感觉,我俩以前应该见过。"太白先生思索着躺到床上。

晏河洛哪里坐得住,他跃过窗户,落到了后院:"我先去探探路。"

"小心些。"杜子美贴心地叮嘱,晏河洛的身影渐渐消失在弥漫的仙气中。

晏河洛自后窗出了西厢房,绕过后院的雪堆和枯树,直奔神山而去。

到了神山面前,他才明白,缭绕的仙气从何而来。原来这神山中央,有一温泉,泉水上涌与外面的寒气相撞,释放出浓浓白雾。白雾不停地向外扩散,泉水也顺着修好的沟渠流入八个深不见底的孔洞之中。

晏河洛好奇地围着神山转了一圈,没敢多作停留,折返回去。可惜他走错了路,一头扎进了东厢房。

东厢房的院子和西厢房大不相同,除了正房,还有厨房与仓库。厨房的烟囱正冒着烟,晏河洛一脚迈进正房,仿佛踩在胡人的毛毯上,地上满是灰尘,很明显,这里许久都没人住过。

晏河洛意识到走错了,转身,奔向厨房的方向,恼火的声音从里边传出:"真是奇怪。今儿厨房不只丢了米,还丢了柴,等我捉住那贼,定要让他好看。"

晏河洛急忙俯身,顺着窗户的缝隙看过去,只见两个金吾卫正在制作蒸饼,数落着捉贼的是个年轻男子,二十岁上下。

另一个男子年纪大些,他回过头,确定周围无人,低声说道:"四郎,你小声些,偷东西的不是贼。"

"不是贼?翊卫大人莫非知晓些什么?"

翊卫在金吾卫中地位不低,与亲卫、勋卫并称三卫。一个翊卫,在道观里做饭,这件事儿说出去,连仁和坊的乞丐听了都不相信。

"四郎,你来得晚,不知道这道观的奥秘,我们最初过来时,道观里住的不只老神仙一人,他还有个徒弟,是位仙女……"

那翊卫的话音刚落,靠墙的桑木柜被人推开,一个女人走了出来。她穿着对襟红袄,青色布裙,冷冷地看着两位金吾卫,说道:"王翊卫出身名门,怎么也学起你的前任?什么话该说,什么话不该说,还用我来教你?"

"鹤娘莫怪,我刚刚还没说完呢,我是要告诉四郎,老神仙的徒弟就是凤仙子。"王翊卫见到那名为鹤娘的女人,满脸赔笑。

鹤娘哼了一声:"还好今天来的是我,否则,你俩都得被拖去喂鱼。凤娘的吃食做好了吗?"

"这个食盒里的就是。"王翊卫捧起一个精致的食盒,又在另一个食盒里拿出煮熟的鸡腿,递了过去:"这是给鹤娘准备的。"

"嗯,味道不错。凤娘肯定爱吃。"鹤娘闻了闻,脸上挂起一抹笑,"我知道你俩做事儿稳妥,要不然,也不会安排你俩上来。我先回了,你俩记住,病从口入,祸从口出。"

鹤娘又从桑木柜的门走了进去。晏河洛不敢多作停留,又摸索着回到了东厢房。在东厢房后窗的角落,有一个和厨房同样的桑木柜。

厨房的柜子上雕刻着云彩和麦穗,这一个雕刻着百鸟朝凤。

晏河洛想到他们聊天中提到的凤娘，屏住呼吸，拉开了柜门。

这个柜子里没有通道暗门，只摆着香炉牌位，牌位上写着：镇国太平公主。

又是她！晏河洛关好柜门，想到在都亭驿陈伯房间中找出那块赤铁令牌的情景。

赤铁令牌和牌位在他的脑海之中不停回闪，晏河洛挣扎起身，跳窗而出。

11

西厢房内有两张床榻，靠墙的位置也摆着一个桑木柜。晏河洛走了许久，太白先生与杜子美有些担忧。

这时，门口有响声传来，晏河洛推门而入，大口地喘着气。

杜子美拿起案几上的瓷碗："别着急，先喝口水。"

"师父，先生，东厢房住着金吾卫，厨房的桑木柜连着暗道……"晏河洛喝了一大口，将看到的全部说了出来。

太白先生一向不畏强权："竟然名鹤，称凤，犯了这么多忌讳，金吾卫还和她们在一起。"

"现在的金吾卫，已经不再是以前的金吾卫了。谢元明便是和红手门凑到了一起。"杜子美眼睛一亮，"这么说，那个鹤娘，就是红手门的。"

"不知道西厢房的桑木柜里边有什么？"太白先生拔出龙泉剑。

晏河洛配合地站在一旁，利落地打开柜门，只见里面空空如也，什么也没有。

晏河洛不死心，他在背板上轻敲两下，顺着木纹的缝隙借力推了过去，漆黑的通道出现在三人的视线之中。

晏河洛想下去，杜子美拦住他："小心，地宫的入口大多有机关。"晏河洛笑呵呵地从口袋里拿出两根香松："难不倒我。"他点燃香松，一根自己拿着，一根递了过去："用这个探路。"

只见香松无声地燃着，地宫里一点动静都没有。

三人缓缓走了下去。通道虽宽，却短，从上到下，不过百十级台阶。

潮湿的风吹过，让三人头脑清明，渐渐忘却了恐惧。前方，流水声越来越清晰，光线熹微而转亮。

三个人顺着石壁的孔洞看向外面，在火光的映衬下，有水瀑自上而下流入池中，池水旁，三个女人正在宰鱼，两个人按着，一个人放血，鱼血正滴滴答答地流入青花瓷碗之中。

"那个就是龙鱼吧？"晏河洛还是第一次见到如此大的鱼，那条鱼，最少也有二十斤。

哗哗哗！

水流声越来越响，宰鱼的女人不时看向水池，满脸惊恐。

这时，鱼血已满了半碗，清澈的池水忽然变得浑浊起来，三个女人抱着死鱼和鱼碗跑了起来。

随之，传来一阵宛如闷雷的巨响，池水瞬间淹没了众人的视线。晏河洛用力嗅了嗅："水是臭的。"

"那些女人在怕什么？是神守吗？"杜子美盯着退去的池水。

太白先生摇头："应该不是。你们看，她们又回来了。"

第三章　寻仙记

果然,那三个女人又走过来了,宰鱼的跟在后面,其他两人走到池水旁,用一根木棍测量道:"不能再杀了,再杀,就会水漫龙池,恶龙出渊。"

"我会跟凤娘说的。"为首的女人心想好日子还没有过够呢,她可不想那么快就把凤王丹炼成。

晏河洛低声道:"她就是鹤娘。"

杜子美点头:"咱们快离开这里,龙池涨水,这里不安全。"他和太白先生顺着石壁后的廊道一路向前。

廊道起初平缓,后越走越陡峭。台阶先是向上行,之后向下行。透过石壁的小孔窥视,金吾卫和红手门的人各自驻扎在石台上,金吾卫的帐篷在左边,红手门的帐篷在右边。

奇怪的是,帐篷的后面都有一个凸出的太极八卦图,阴阳鱼的中间摆着个半人高的丹炉,丹炉的两脚分别站在阴阳鱼的鱼眼处,另一条腿正对乾位。有两个女人看守在丹炉旁边,正在添炭火。

"马上就要成丹了,必须取龙血宝药。"一个尖锐的女声传来。

循声望去,那女人容颜娇媚,额间画着凤形的花钿,高髻珠钗,一身华丽。站在她身后的是鹤娘,另一位是金吾卫的将军。

鹤娘恭敬地低声说道:"再取龙血,龙池涨水,恶龙出渊,丹炉怕是要遭殃。"

"什么恶龙,不过是一条长了壳的水蟒而已,它敢弄潮涨水,就宰了它。有了它的血,我这炉凤王丹,可以再成九颗。"女人满脸威严。

"如果能杀，早就杀了。凤娘，我觉得，还是拖延为上策，炼出凤王丹才是重中之重。"金吾卫的将军受命而来，就是为了监视红手门，而不是听从她们的命令。

"王将军说得偏颇了些。"凤娘转过身说道，"上一次之所以死了那么多人，是王将军不在，若是王将军在，又怎会任由水蟒嚣张？王将军出身琅琊王氏，武艺高强，小小水蟒，还不是拔剑斩之。"

"金吾卫武艺精湛的，都在紫微宫。"王将军轻蔑地说道。

"王将军，凤王丹是给圣人炼的。"凤娘提醒道。

王子容站在原地根本没动，提醒道："凤娘，我不是都亭驿的谢元明了。"

"王将军，都亭驿一事，已有定论，没必要说出来，别伤害了彼此之间的情谊。有水蟒在，龙鱼源源不断；杀了水蟒，龙鱼再无龙气，如何引凤入丹？"鹤娘劝慰凤娘。

凤娘冷冷地说道："不斩水蟒，也要再杀一条龙鱼。今夜是成丹之时，没有足够的药引，怕是功亏一篑。丹成后，咱们立刻离开。至于水蟒……"

王将军点了点头："凤王丹不容有失，水蟒我会负责。"

"好！"凤娘割开手腕，将鲜血滴落到那碗龙鱼血中。

晏河洛低声惊呼："她在用自己的血炼丹。"

"凤王丹是道家长生妙药，怎会用人血炼制？红手门如此做，定有蹊跷。"杜子美表情严肃。

轰隆、轰隆！

三人脚下一滑，头顶有粉尘落下，地面剧烈地晃动，似有什

第三章　寻仙记

么怪兽在嘶吼。

瞬间，湍急的水流拍打岩壁，浑浊的池水涌入隧道。

"不好！"晏河洛贴紧石壁，一队金吾卫正在捕鱼。那龙池内的龙鱼不仅没退，反倒聚而成群。

杜子美震惊地举起手臂，说道："鱼如军士，结队而攻。这些鱼的智慧，不比人差。"

"为何那几人没有遭到鱼群的攻击？"晏河洛指向角落处的金吾卫。

"那几个没被攻击的人应该没有吃过鱼肉。"杜子美想了想说道。虽然金吾卫身份高贵，但其内部互相倾轧得厉害，也是分三六九等的。一般来说，将军的地位最高，之后是三卫，也就是近卫、勋卫和翊卫。

三卫之间的关系是：近卫看不起勋卫，勋卫看不起翊卫，翊卫看不起身份最低的金吾卫。

从衣着打扮上来看，那几个没被攻击的，就是身份武艺都很一般的金吾卫，没有资格吃龙鱼肉。

"退，快退，我网到了。"一名勋卫大喊。只见池水中，轰隆之声更响，小腿处的池水瞬间没过腰部。

"给我。"王将军抓过渔网向池外游去。

龙池之中的水越来越多，鱼群的数量也在增加，失去同伴的它们更加凶猛，几个落后的金吾卫被扯进水里，鲜血染红了池水。

脱离龙池的王将军喘着气，恼火地将渔网和龙鱼摔在地上："废物，又死了几个？"

"三个。"

"捉条鱼死了三个,你们也配做金吾卫。"王将军冷哼一声。有人捡起了渔网中的那条龙鱼:"将军,鱼死了。"

"给鹤娘送去,告诉她,我们又死了三个人,凤王丹不成,我就把她们剁了喂鱼。"王将军冷冷地看着上涨的龙池。

水越涨越快,龙鱼不停跃出水面,就像在宣布开战。

"退到驻地,在驻地前建堤。"王将军挥手说道。

"是。"金吾卫们领命而去。

目送着金吾卫离开,隧道中的三个人对视一眼。

杜子美忧虑地说道:"这水,怕是要一直涨的。咱们现在回西厢房,还来得及。"

"不能退,凤王丹快出炉了。"晏河洛眼神直勾勾地说道,"那是长生不老的丹药啊。"

杜子美眉头紧皱,他觉得晏河洛有些不对,到底哪里不对呢?

这时,丹炉中传来阵阵药香,燃烧的火把照亮了一个个激动的脸庞。

长长的堤坝已经垒得极高,鱼群随浪潮跃起,落下,堤坝前的金吾卫露出怒容。

不知是谁开了个头,抽出横刀冲入水中,鲜血在浪潮中迸溅,冒出咕嘟咕嘟的红色水泡。

那些金吾卫红了眼睛,像木偶一般融化在红色水泡里。

王将军连忙拦住继续冲向堤坝的金吾卫和红手门的人:"停下,都给我停下。"

第三章　寻仙记

"王将军，凤王丹要紧。"鹤娘提醒王将军。

丹炉里的火烧得通红，宛如流淌的鲜血。炉体上的凤雕竟然脱离丹炉，在半空翩翩起舞。

凤娘穿着缀满宝石的彩衣缓缓走来，她割开手腕，将自己的鲜血与龙鱼之血混在一起，送入丹炉之中。

凤雕在空中哀鸣，丹炉释放出醉人的红色仙气。待仙气散去，一颗金丹出炉，鹤娘将其装在瓷瓶之内。

"太好了，凤王丹成了，王将军你可以交差了。"凤娘喜悦而语。但此时的空气中蔓延着浓浓的杀戮。

"王将军，王将军。"凤娘的呼喊声让王将军使劲晃了晃脑袋，入眼处满是残肢断臂，满池的鱼头怪物正在与金吾卫混战。

王将军大怒，挥舞横刀冲去："孽畜。"

两柄横刀相碰，王将军连退数步。那鱼头怪的鳞片宛如锋利的刀刃，王将军闪躲不及，被刺穿了肩膀。

剧痛让他的身体一颤，视线也变得模糊。那些怪物一会儿是鱼头，一会儿是人头，它们皆双眼血红，见人就杀。

"住，咳咳，住手。"王将军挣扎着想要起身，一片血影袭来，生生割断了他的喉咙。

"啊！"晏河洛的惊呼引来了石壁的共振，二人面前的石壁暗门开了。

真相暴露于面前。

鹤娘凶残地喊道："你们是谁？"

"凤王丹的有缘人。"晏河洛双目赤红地抓向鹤娘手中的青花瓷瓶。

鹤娘没有想到，自己竟然被断了后路，她飞起红绫，绫上的短刃寒光四射。

杜子美终于意识到问题所在，他将手帕按在晏河洛的口鼻上。晏河洛眼睛中的血色快速散去，他大口大口地喘着粗气。

"那炼丹时释放出的烟雾会影响人的神志，放大人的欲望。"杜子美解释。

啪！一声脆响，鹤娘的红绸击碎瓷瓶，满是金纹的金丹滚落出来。

鹤娘与晏河洛同时大喊："凤王丹。"

杜子美盯着凤王丹，并没有动，鹤娘也没有用手去抓，而是小心翼翼地用另一个瓷瓶去收。

那凤王丹开始迅速变黑变小，不时地发出刺刺刺的声音。

杜子美大喊："快离开这里。"三人奔向来时的隧道，但凤娘早已提前跃入，并用红绸拽走了鹤娘，关闭石门，遁走。

晏河洛三人困在龙池，无处藏身。龙池的水已经没过丹炉，一副副金吾卫的铠甲漂浮在池边，龙鱼们踏浪而来，堵住了退路。

"怎么办？"晏河洛着急地问道。

杜子美看了眼身后的石门："这是红手门妖女留下的后路，我猜测是通向东厢的。"

"那些鱼、鱼……"王将军的尸体被群鱼撕咬，晏河洛吓得不敢说话。

太白先生站起身："我来开路。"

"兄长别急，那些龙鱼都聚集在那边，我们可以从这边过

第三章 寻仙记

去。"杜子美指向另一面石壁。

他的话音刚落,一声巨吼荡起波纹,四周的墙壁涌出了洪水。

三人的眼前一片漆黑。

"怎么回事儿?"晏河洛紧抓着师父的手臂。

杜子美的幞头不知被冲到哪里去了,他适应了黑暗,努力去看清那些离开的龙鱼:"别怕,龙鱼只攻击那些吃过它们同类的人。其实……"

杜子美脚下一滑。

"师父,师父……"晏河洛紧张地挥了挥手,再抓过去,却发现手中空空,师父不见了。

生死一瞬,恐惧蔓延,环环险境令晏河洛手足无措,师父落水了!

此时,龙池的中央出现一个巨大的旋涡,上涨的池水倒灌到旋涡之内,龙鱼们缩在龙池的角落挣扎着。

不知何时,水中飘出头颅大小的夜明珠,照亮了阴冷的地宫,池水竟然清澈见底。

池水旁的岩石上, 老者侧卧于莲台之上。晏河洛率先醒了过来,他第一时间将杜子美和太白先生拖上岸。两人也渐渐苏醒。

"这是哪儿啊?"太白先生迟疑地问道。

晏河洛摇头:"弟子不知,醒来后,咱们就在那池水之中,此水净洁,并非龙池之水。"

"难道是忘忧泉?"杜子美盯着莲台之上背对着他们的老者。

正是老者头顶悬起的夜明珠带来了光明。

太白先生虔诚地走了过去，只见老者双目紧闭，似不愿看到面前那堆积如山的白骨。太白先生问道："请问这是何处？您可是华盖道长？"

"没有呼吸。"晏河洛将手放到老者的鼻息处，顿了一下，他吓得扑通一声跪在地上。

虔诚叩首之际，莲台上的老者已经消失不见，只剩下一具白骨和一颗金丹，那颗金丹在老者的胸口处闪闪发光。

"道经有云，发为清城君，头为三台君，眉为八极君，两耳为决明君，左目为玄明君，右目为元明君，鼻为周天妙户君，口为列元玉户君，齿为八土君，舌为无极君，咽为校尉君，喉为九卿君，肺为华盖。此丹位于肺部，此遗骸，应为华盖仙人。"杜子美冷静地分析。

太白先生盯着那金丹和遗骸，长叹道："修出金丹的仙人也不能长生吗？"

"仙人已经升仙得道，不就是长生吗？"杜子美应道。

"贤弟此言有理。红手门妖女包藏祸心，此丹才是真正的凤王丹。"太白先生上前一步，拿起凤王丹。

那遗骸失去凤王丹的庇护，化作纷纷离散的尘埃，宛如流沙逝去。

当守护不再，巨蟒便现身了。它从夜明珠里破蛹而出，吐着长长的信子，虎视眈眈地盯着太白先生手中的凤王丹。

无名的声音在狭窄的空间内回荡："把凤王丹放下，巨蟒自然会放你们离开。"

"若是献给圣人呢?"太白先生语出惊人,无名没有回话。

巨蟒近在眼前,它张开了血盆大口,黏稠的液体仿佛可以溶化世间的一切。它越逼越近,将死亡的空气直推到三人的脸上。

"兄长!"杜子美小声提醒。

"也罢!"太白先生抛出凤王丹。巨蟒立刻挑起信子,生生将凤王丹吞了进去。

这时,莲台现出一条隧道,杜子美站在入口喊道:"走,我们与凤王丹没有缘分。"

第四章　河神咒

前出塞九首·其九
【唐】杜甫

从军十年余，能无分寸功。
众人贵苟得，欲语羞雷同。
中原有斗争，况在狄与戎。
丈夫四方志，安可辞固穷。

12

白云深处，仙鹤悠悠，三五成群的樵夫背着柴，有说有笑地走进山坳中的小村子，几位老者正在祠堂前分肉。在这里，大多数的鲜肉都会被制成熏肉储存，一小部分分给村里身强力壮的猎

第四章　河神咒

户和樵夫。

"三祖，三祖，我们抓到山魈了。"一位少年满脸潮红地疾步跑来，他已经十二岁了，在这个名为燕婆婆洼的小村子，已经是成年人了。父母已经允诺，再积攒几张皮毛，就给他娶媳妇了。

分肉的老者看向村口，只见几个小辈推搡着三个狼狈的家伙走了过来，看他们的衣着打扮应该是城里的贵人。那是……老者顿了顿，眼神落了下来，瞪了眼报信的小辈，迎上去行叉手礼，说道："族里的晚辈不懂事儿，老朽给三位行礼了，不知三位从何处来，去往何处？"

"我是洛邑城的不良人，此行办案而来，贼人歹毒，在山上设了埋伏，不知能否在你家烤烤火，祛祛风寒，吃些东西。嗯，我们可以付些报酬。"晏河洛在口袋里拿出一串铜钱递给老者。

老者接过钱，迟疑片刻，招呼道："二郎、三郎，带贵客去家里，熬一锅热汤，让你娘做些吃食。"

"多谢老人家。"杜子美连忙感谢。他仔细观察过这个荒山野岭里的小村子，连男带女不下百人，从百姓的长相可以推断出，他们同属一族。越是客气，越是让人担心啊。

那老者咧嘴一笑，说道："先生言重了，粗茶淡饭和你们这串铜钱比起来，算不上什么。平时，孩子们送肉进城，半个铜钱都看不到，拿回的都是粗面和粗盐。请，这边请……"

一行人缓缓前行。

"老人家怎么称呼？"太白先生开口问道。

老者轻抚银髯，说道："咱们大唐有位谪仙人，叫李太白，我和他一样，也字太白。村里人都姓吕，是一家人，我在族里排行老二,单名一个醇字。"

"吕翁也字太白?还真是缘分。吕翁可知,我这兄长是谁?"杜子美笑着问。

吕二醇打量着太白先生道:"他是不良人,你就是刀笔,这位是仵作吧。你们来山里抓谁?有赏钱吗?"

"哈哈,他可不是刀笔,我兄长就是你嘴里的谪仙人——太白先生。"杜子美低沉地说道。

吕二醇愣了好一会儿,每一次呼吸里都带着不可言喻的震惊。回神后,已经进了家门,他瞪着所有人:"谪仙人到了,还不快去买酒,快,要最好的。"

"不一定要最好的,管够是真的,多谢。"太白先生从口袋里拿出一串钱。

吕二醇咧嘴笑了起来:"谪仙人赏的钱,我得摆祠堂供起来。"

"吕翁不必如此,你是太白,我也是太白。能在这仙山脚下相遇,就是缘分。刚刚听你说,村子里的盐面皆由外面换来,你们村以何为生呢?"太白先生脱掉外面的衣袍,放在火炉之上烘烤。

吕二醇舀了一碗热汤给太白先生,说道:"打猎和砍柴。我们吕家住在这里好多年了。"

"别光顾着喝汤,多吃一些。"吕二醇的妻子端个盘子走了进来,鲜香的肉味漾了出来。

晏河洛咬了一口:"嚯,真烫。"

"慢点吃。"吕二醇的笑容里满是慈祥。

晏河洛用力地吹了吹:"吕翁,你们只打猎砍柴,粮食够吃

第四章 河神咒

吗?"

"年纪大的,少吃点,饿两顿也死不了。"吕二醇在碗里放了些汤,小口小口地啜着。

晏河洛看向师父和太白先生:"道观的厨房有很多粮,可以给吕翁运来。"

"不行,道长吃什么?"吕二醇摇了摇头。

杜子美叹了口气:"道长早已得道成仙,荣登仙界。有一群恶人霸占了那里,我们过去的时候险些受害。那些粮食,都是逃走的恶人留下来的。与其便宜了蛇虫鼠蚁,不如运到吕翁家给你们饱腹。"

"贤弟莫要忘记老仆——无名。"太白先生提醒。

"吕翁莫急,等我吃饱,带人过去,你招呼些有力气的人就好。"晏河洛微笑地说道。吕翁说了几句感谢之言,向外走去。

吕家大郎气喘吁吁地推门进来,把酒坛放到餐桌之上,他学着酒肆小二的样子赔笑道:"谪仙人慢用。"

"大郎客气,一起吃一些吧。"太白先生指着吕翁留下的碗筷。

吕家大郎摇了摇头:"父亲说要去搬粮食。"

"对,我给你们引路。"晏河洛站起身。

杜子美收敛笑容,表情严肃地说道:"莫要急躁,若是遇到无名,好言相待,能搬回粮食,就搬回些,他若不愿,那就算了。"

"徒儿知道。"晏河洛与吕家大郎一起出去。

太白先生打开酒坛,脸上露出迷醉之色:"好酒,好酒啊。"

107

杜子美站起身,给太白先生满了一碗:"兄长,金吾卫死了那么多人,这王屋山,怕是要不太平。"

"不会,有些人不敢让这件事儿曝光出来。"太白先生满脸不屑,他的脑海中出现了那张让人厌恶的脸,"圣人欲长生,为炼凤王丹费心费力,定是阉人助力。"

杜子美听了太白先生的话,又拿出自己的小铜镜,思索片刻后问:"兄长,鹤娘带走的那颗丹,会献给圣人?"

"不会。圣人在,有些人才能得宠,圣人不在了,有些人连命都保不住。偌大的长安城,最关心圣人的不是文武百官、后宫妃嫔,而是圣人的身边人。圣人正是看到这一点,才会对他如此宠信。"太白先生表情复杂而凄凉,身在局中,每个人都身不由己。

杜子美拨动镜子上的小珠子:"那有没有可能,炼丹之事,圣人他根本不知?"

"没有圣人的旨意,谁能驱使金吾卫?"太白先生喝下一碗酒,语重心长道,"贤弟啊,泰山封禅,圣人已经沉沦在美梦之中,世人也都在造梦啊。"

杜子美压低声音问道:"改元,是不是与圣人想长生有关?"

"邠王与宁王先后过世,圣人对死亡有了恐惧。改元是圣人欲炼仙丹的开始。长生啊,拥有的越多,就越渴望,我等如此,圣人拥有天下,自然也是如此。"太白先生感叹,眼神里同样充满对长生的渴望。

杜子美又问:"世间传闻,圣人改元,是与祥瑞有关呢?"

"那都是阿谀奉承罢了。"太白先生再饮一杯,解释道,"圣

第四章　河神咒

人做了个梦，太上玄元皇帝对他说，吾有像在京城西南百余里。汝遣人求之，吾当与汝兴庆宫相见。圣人梦醒后便派人到终南山寻找。贤弟觉得，圣人说那里有太上玄元皇帝的圣像，金吾卫敢找不到吗？"

杜子美默默点头："我还听闻另一件事儿，陈王府参军田同秀献上祥端，他说自己见到了太上玄元皇帝，太上玄元皇帝在尹喜的宅子里藏了灵符，圣人派人去找，果然找到了灵符。"

"那是为了堵住天下悠悠众口和百姓心中的不安。圣人要大唐海晏河清，但是天不遂人愿，蝗灾、风灾等各种天灾人祸频发，有些心怀叵测之人，都在说不该说的话。你可知那段时日，太子于东宫之中，惶惶不可终日。"太白先生低沉地说出心里话。

杜子美感叹兄长的坦诚，皱眉问道："世上真的存在凤王丹吗？"

"一定有，就在华盖仙人的身上。我能感觉到那股仙气，可惜便宜了那蟒。"太白先生叹息着说道。

杜子美端着酒碗站起身，冲着道观的方向："敬华盖仙人。"

"敬华盖仙人。"太白先生也随着举杯，两个人又对饮几杯之后，太白先生自言自语道，"想长生、位列仙班，还是得修道啊。"

"兄长有心受箓？可有仙缘？"杜子美对此并不意外，太白先生的求道之心，世人皆知。

太白先生摇头："白云子不愿带我入门，他说我缘分未至。此事以后再谈，以后再谈。"

13

"哈哈，好酒，好诗！"

屋内琅琅诗句，忘年之交把酒言欢，房外，夜色沉沉绵绵。

寒风悄悄地吹了一口气，房檐处的一袭黑影吐了一口气。他早就想动手了，可是听了两位先生的对话，动手的冲动忍了下来。

好马也有失蹄时，就在他听得入神，多年的心结在美好的诗境中找到释放的出口时，忽觉得脚尖一痛，整个人栽了下来。

啪嗒！几块瓦片落在地上。

他抬头望去：那是一面七星北斗图，星图背后是一位身形挺拔的侠女。

"谁？"屋内的太白先生听到动静，立刻抽出龙泉剑，冲了出去，无意间闯进了一场争吵。

"偷偷摸摸，算什么本事。"一个身穿青色窄袖圆领袍，头戴青纱斗笠的男人双手持刀，愤怒地喊道。

"你个小贼，还说我偷偷摸摸，是谁挂在檐上偷听？"屋檐上，身着星袍的侠女随手挥舞着手中的木棍，居高临下的样子宛如天宫的仙人。

那男子大怒："哼，不走正门才为贼，老子从正门而入，你跃屋檐而来，若不是老子身法好，刚才就在这土里栽葱了。你这个砍脑壳的女贼人，老子现在就杀了你，为民除害。"

"咳咳……"熟悉的乡音让太白先生收回手中的龙泉剑，杜

第四章 河神咒

子美也走了出来:"这是……"

院落中的两人打了起来,长木棍与短刀相接,一青一白。一人如双头怪蛇,一人如展翅白鹤,看得人眼花缭乱。

杜子美也喜好武艺,怎奈天赋平平,他请教太白先生道:"兄长,这二人武艺如何?"

"那侠女身法高绝,用的是道门八卦太极剑法。此剑法变幻莫测,精妙绝伦,你看刚刚那一刺是乾卦,乾为天,天道大势汇聚一点刺出。如此压迫,对手只能闪躲,不敢力抗。这一斩是艮卦,艮为山,山岳压顶,一力顶十。学此剑法,不仅要懂得易经八卦,还要精通阴阳转换,才能收发自如,随机应变。这大概就是道门大贤总是提起的道法自然吧。"太白先生悉心地讲解着。

杜子美听得入迷:"这么说,是侠女占据上风?"

太白先生点了点头:"这位是青城派的刀法。青城派也是道门派系,讲究守中致和,了一化万,万化归一。你看他的刀法,虽只有两把,可每次挥舞,却犹如千万,这就是了一化万之境。可惜的是,那千万把刀,都是虚无,只有手中的才是真实。等他修到万化归一的境界时,每一把虚幻的刀都会成为真实的刀。那时候,他或许能与这位侠女一分上下。"

啪!

太白先生的话音刚落,侠女的木棍便刺中了青城刀客的虎口,女侠说了一句:"福生无量天尊,青城派的道友,你输了。"

"道友慈悲,手下留情,不过,我不是毛贼,而是受人所托,寻太白先生返乡回家。"男子正是青城刀客。他收回短刀,看向太白先生。

太白先生侧身："你是？"

青城刀客犹豫了几分，说道："我一路从长安追到洛邑，听闻先生来了王屋山。之前在酒肆饮酒，遇到个买酒的樵夫，他与人吹嘘，谪仙人在他家里，我就跟着他，追到了这里。先生，怎么有些疲惫？"

"我与红手门的妖女斗了一场，若不是贵人相救，就归西了。我家里如何？"太白先生关切地问道。

青城刀客笑道："一切都好，只是先生多年未归，家中亲人甚是想念。"

"这样啊！"太白先生挥手，"我的确离家许久了，只是暂时还有些事情没办完。"

"先生，真的不回去？"青城刀客又问。

太白先生笃定地点头，青城刀客摆手："也罢，先生是谪仙人，先生有先生的路，只是我如何交差？"青城刀客站了起来。

"交差……"太白先生看向侠女，侠女稳稳地站在屋檐下。

青城刀客握紧双刀，说道："先生，怕是要领教一番了。你若能赢，你便走。你若输了，就请与我同回剑南。"

"那就让我见识一下，你的了一化万。"太白先生大笑，走向侠女，"不知可否借木棒一试？"侠女递出木棒。

"先生，请指教。"青城刀客左手向前，右手向后，两把短刀，一隐一现，似有一个太极旋转。

太白先生手持木棍一动不动，两只眼睛盯着他左手中的短刀，忽地大笑："你这起式，有点意思。"

"不敢，还请先生不要留手。"青城刀客疾步向前，左手刀抵

第四章 河神咒

挡木棍，右手刀划向太白先生的胸口。

太白先生转身，木棍绷直，刺向青城刀客的肩膀："太慢了，速度不够快，你应该再隐忍些，等我露出破绽时再出刀。"

"先生太自信了，你怎么知道刚刚那一刀是我蓄势的？"青城刀客的刀直削太白先生手掌。

太白先生抬腿纵身，反手直刺青城刀客的后颈："我再教你一招，敌人有破绽时，你要想想，他是真的露出了破绽，还是故意露出破绽。别以为最好的防守方式是进攻，进攻的时候，往往是破绽最多的时候。"

"先生又怎么知道，我没有料到？"青城刀客一侧身，木棍刺在他的肩膀上，他右手的刀竟脱手而出，直奔太白先生的肩膀。

这一刀的目标本是太白先生的咽喉，他感觉太白先生早有准备，就临时改变了目标。

杜子美惊呼："兄长小心。"

侠女似乎也很紧张，只见太白先生的身体随着木棍一转，张开嘴，咬住了飞来的短刀，手中的长棍神不知鬼不觉地顶在了青城刀客的咽喉。

青城刀客一顿："我输了。"

太白先生收回长棍："你的身手不错，是剑圣门下？"

"嗯。"青城刀客苦涩一笑。

太白先生生于剑南，启蒙老师是剑圣李诚。在太白先生心中，剑圣李诚与父亲一样，都是他的长辈。

"难怪，你那几招，我也会的，只不过没有钻研那么深刻。

在我看来，你还欠些火候。"太白先生坦言说道。

青城刀客爽朗地摆手，"学艺不精，不敢大言不惭，还请先生空闲时，回去看一看。"

"丈夫四方志，安可辞固穷。"太白先生孤身站立。

青城刀客顿了一下，那道浓眉微微一挑，笑道："先生有这等胸襟，想来是我多事了，告辞。"他无意久留，拱了拱手，转身离去。

这时，晏河洛与吕家人回来了。

那吕二醇见到站在杜子美身边的侠女，惊慌地跪下道："小仙人，您回来了？什么时候到的？怎么不招呼一声，我让人去接您。"

"吕翁快些起身，地上凉。"侠女扶起吕二醇，瞪了一眼晏河洛，"山里遭了贼，搬走了粮食，我没处去，只好请您施舍几顿。"

"啊？谁那么缺德，偷东西？"吕二醇一愣，村里的年轻人正在搬木箱，拿出几块点心，递过去，"仙人尝尝，特别好吃。谪仙人说了，这是霸占道观的贼人留下的。"

杜子美已经听出了不对，阻拦吕二醇道："吕翁，让你的族人将食物储存起来吧。"

"对对对，听先生的，把粮食储存起来。"吕二醇招呼族人将粮食搬走，又压低声音问，"刚才走的那家伙是来寻仇的？"

"不，他是来向兄长讨教武艺的。"杜子美摇头。

晏河洛兴奋地跑到太白先生身边："先生，我也要学，教给我好不好？"

第四章　河神咒

"那就先打好基础。"太白先生的嘴角微微翘起,小河洛是个可造之材。

"谪仙人累了吧?赶快进屋休息。"吕二醇笑着招呼。

"慢!"侠女拦住太白先生的路,"早就听闻,太白先生诗剑双绝,能文能武,今日一见,果然了得,不知可否领教一二?"

"肯定是仙人技高一筹。仙人打败青城刀客只用了兄长一半的时间。"杜子美上前阻拦。

太白先生却按住他的肩膀:"真巧,我也想和仙人讨教一二。"

"来吧。"侠女伸手抓向木棍。

太白先生没有松手,而是将一头递了过去,两人一左一右,紧抓着木棍的两端,四目相对。

较量开始了。

太白先生抓向侠女的手腕。侠女抬腿,踹向太白先生的胸口。太白先生身手极快,虚晃一招,直奔侠女的脚踝。那侠女借太白先生之力腾空而起,脚尖点向太白先生的手腕。

太白先生赶忙松手,侠女双脚落地,木棍"咔"的一声断裂开来,两个人一人一半,持棍对视。

晏河洛看得热血沸腾,拍手喊:"好。"

太白先生大笑:"仙人好身法,我要认真了。"

"先生也是。"侠女表情严肃地握紧半截断棍,做了一个仙人指路。

两根半截断棍一触即散,如风,如雨,如光,如电。

越打越快,围观的人只能看到舞动的星袍,听到木棍相碰的

115

声音。

又一击后，侠女腾空而起，犹如天女在空中飞舞，手中那根断裂的木棍碎成多块，纷纷飞向太白先生。

太白先生舞出太极图护身："梦游天姥欲登龙？"

"王屋山上寻华仙。"侠女允诺收敛英武之气，行下叉手礼，"允诺见过两位先生。"

杜子美疾走几步，上下打量地说道："你就是凤王酒肆的那位公子？"

"都亭驿的柳娘也是你吧？这是王屋山的香气。"太白先生盯着允诺，"也是你给我与贤弟发了密函，我们才会相约洛邑。"

允诺点头："两位先生说得都对，我也是无名。允诺愚笨，只好想尽办法求助两位先生帮我寻回师父留下的凤王丹。"

"你的师父是？"太白先生与杜子美默默对视。

允诺向道观的方向恭敬地行礼道："师父道号华盖，你们应该已经在升仙之地见过他了。"

"地宫中的那位，真的是华盖仙人。"太白先生皱眉，"那颗丹？"

"那是肺丹。道丹之道，有内外之分。肺丹源于五脏之气，师父他之所以道号华盖，就是因修行肺气之道。凤王丹是外丹的一种，是汇聚天地精华的龙气宝药。师父用尽一生只炼成一颗凤王丹，我回到地宫的时候，他已升仙得道，只留了这幅画给我。"允诺从袖子里拿出一幅画递给太白先生，"还请两位先生为允诺解惑。"

老树，古宅，明月，一女如凤舞在半空，一只白鹿呦呦低

第四章　河神咒

鸣。

太白先生看着此画，觉得眼熟，又一时间想不起来。

杜子美说道："这幅画真的与凤王丹有关吗？你又如何确定这幅画是留给你的？"

"没错，射覆也需要有依据，并不能凭空猜测。"太白先生开口补充。

允诺的眼神有些迷离，她自记事起，就和师父学艺，这些年中，离开王屋山的日子屈指可数。

"圣人不知从何处得知，师父在炼制凤王丹，便派遣金吾卫过来，将道观'保护'起来，从此，那里不再是清修之地。师父为了保护我，没有让我露面，而是藏在地宫之中。我夜里去见师父，他让我离开，外出游历，等他寿尽之日，再回到山神庙中，取走凤王丹。"想起旧事，允诺的眼圈有些发红，眼泪忍不住滴落下来。

其实，那段日子，她并没有远离，而是在王屋山四周游历，还救下了猛兽爪下的吕家人。吕家人将她带回燕婆婆洼，称她为小仙人。

"吕翁跟我说，太白先生是谪仙人，是大唐最聪明的人，这也是我寄信给你，引你过来的原因。后来，我听闻了杜先生的名号，便想着给太白先生寻个帮手。"允诺仔细地将自己的经历包括与吕二醇认识的过程说了一遍。

吕二醇补充道："小仙人心地善良，不只救了我们村子的七郎，还给村子里的老人治病，请谪仙人一定要帮帮小仙人。"

"吕翁开口，我与兄长定尽全力。"杜子美继续问，"还是说回这幅画吧。"

"我虽外出游历，可每过一段时间都会顺着地宫的隧道回去。师父将地宫的第一层打开，让金吾卫入驻。金吾卫害怕地宫中的龙鱼雕像，便将它们搬到大殿的院落里，又将登仙路的烟魂摆到门口吓人。"允诺说了那些木雕的出处，"那些木雕的摆放是由师父指点的，师父用那些雕像告诉我他升仙得道的日子。我做好准备，要在那天大开杀戒，抢走凤王丹，为师父报仇。可我没想到，我回去那天，金吾卫不见了，师父卧在地宫二层的莲台上，他的身边只有这幅画。"

"就是说，你没有见到华盖仙人的最后一面？"太白先生皱了皱眉。

允诺表情严肃地说道："是的。你们进入地宫时应该也看到了，师父的手势名为仙人指路，这幅画是他给我指的路，可是我猜不透这幅画的意义。就在我准备寻找画中之地时，金吾卫和红手门的妖女来了。他们不知从何处得知，师父有一个弟子，而红手门的妖女自称是师父的弟子。他们没有得到凤王丹，就和妖女合作，打算再炼制一颗。"

"凤王丹成，金吾卫没得到；他们本要找你，却误找到了红手门的妖女？"杜子美认真听着允诺的话。

允诺点了点头，说道："那妖女屠戮龙鱼，取血炼丹，激怒了贝蟒，死了好些金吾卫。她便提出让红手门的人加入进来，这样也能多些药引。我不忍他们再造杀孽，出手与他们一战。他们害怕我，便躲入地宫逃走，地宫太过狭窄，我不愿师父被他们打扰，便放了他们一马，独自寻找画中之地。"

第四章　河神咒

"这么说,东厢房隧道入口处柜子里的东西,是红手门之人留下的?"晏河洛问出最关心的事情。

允诺应道:"这个,我不清楚。不过,红手门的圣女之前居住在那。金吾卫与红手门的人只有做饭的时候才会出来。"

"金吾卫为何认为,红手门的圣女是你师父的弟子?若你师父暗指的是红手门,这幅画只有红手门才能解开谜团?"杜子美早已知晓画中之地,却想不清楚华盖仙人的心思。

允诺沉默许久才开口:"师父略懂得机关之术,与机关门墨鲁两脉的巧工神匠有些来往,红手门与机关门也有些关系。至于师父与红手门,若师父真的与他们有旧,他们为何屠戮师父饲养的龙鱼?如今龙鱼死伤大半,世间再也无法炼制出凤王丹了。"

"原来如此,你可信我与兄长?"杜子美又问。

允诺坚定地说道:"我的悟性一向很高,当年师父修炼无果,贝蟒刚刚破壳,无法驱潮翻浪,凤王丹仅仅是个设想。师父便许下誓言,外出游历。他是在一个废弃的宅院里捡到我的。我当时不哭不闹,躺在襁褓里对着他笑。他抱起我,我抓着他的手指,掐诀太阴。师父因此开悟,为我取名为允诺。"

"看来冥冥之中自有天意。"太白先生的目光变得柔和。

"废弃的宅院?"杜子美放下手里的小铜镜,一一落下珠子,说道,"是哪里?"

"不知道。"允诺摇头。

杜子美再落珠子:"或许,仙人留画的意思是告诉你,当初他捡到你的地方。"

"哪里?"允诺好奇地问。

119

"送驾庄。"杜子美盯着错落的星图。

"没错,有白鹿的地方。"太白先生兴奋地说道。这是说书人最喜欢的白鹿救秦王的故事,那村子既叫白鹿庄,又叫送驾庄。

"这么说,华盖仙人是在送驾庄的一处废弃宅院捡到的允诺姐姐,那画中曼舞的仙女是什么意思?"晏河洛缓慢地说道,"会不会仙女代表凤王,月亮代表金丹,这幅画里的地方藏着真正的凤王丹?"

允诺起身,对三人行下叉手礼道:"不管在哪里,我想去那送驾庄看看,不知两位先生可否助允诺一臂之力?"

"能,当然能。不只师父和先生能帮你,我也能帮你。你之前和先生比武时,扔碎木棍那一招叫什么?能不能教教我?"晏河洛没等太白先生与杜子美开口,便率先应承下来。

允诺愣了下,问道:"你想学?"

"你当初发信函的时候,应该也邀请我,我可是洛邑城最聪明的不良人,师父传我射覆,先生传我剑法。我若再学了你的身法,那就是大唐最厉害的不良人。"晏河洛在允诺面前推荐起自己来。

允诺拍了拍他的肩膀:"好,我现在也邀请你,你愿意帮我吗,大唐最厉害、最聪明的不良人?"

"当然。"晏河洛人小鬼大的样子,惹得众人大笑。

14

在王屋山前往洛邑城的必经之路上,有一个小村子——送驾

第四章　河神咒

庄。

庄子不大，废弃的宅院只有一处，满院的杂草和古树，晏河洛率先利用铁钩子上了墙头。

"只有荒草，什么都没有，这棵树倒是长得很好。"晏河洛一跃，落到地上，打开了里面的门闩。

三人走了进去。

"这里，有什么不同吗？"允诺轻声问道，"凤王丹真的藏在这里？"

杜子美扬起头，仰望微暗的天色："画中是圆月，我们应该晚上再来。"

"不急，先看看这宅子。"太白先生走在前面。

青石板路，荒草遍地，落叶被荒草阻绊聚在一堆，散发着腐烂的味道。

"师父，你们快来看。"晏河洛指向一尊石像。

杜子美看过，说道："从打扮上看，应该是个县主。"

"你们看她的手腕，是不是很奇怪？"允诺指着石像的手腕。

晏河洛摇了摇头："县主戴镯子很正常，有什么奇怪的？"

"金钗玉镯，这位县主的身份很不一般，是谁将她的雕像立在此处的，立在此处又有何寓意？"杜子美费解。

晏河洛指向整齐的厢房："所有的房间都没有床，每个摆床的位置，都摆着一模一样的石像。"

"雕像可有机关？"太白先生观察许久后，开口问。

晏河洛摇头："我没有找到。"

"我也没有找到。"允诺与师父学过机关门的机关术，在她的

121

观察下，雕像并无异样。

杜子美叹气："看来，只能和庄子里的人问问了。"

"对，我去问问。"晏河洛拍打着身上的尘土，脚下一滑，"哎哟，我的脚，师父救我，快救我。"

三人迅速走到晏河洛的身边，杜子美问道："伤到哪儿了？是暗器吗？"

"是陷阱，我的腿拔不出来了。"晏河洛疼得直咧嘴，太白先生伸手，将他陷入土里的腿给拽了出来。

晏河洛的脚肿得老高。

杜子美摸了几下，放心地说道："没有伤到骨头，休息两天就恢复了。"

"小心些，看清路。"太白先生嘱咐道。

允诺蹲在陷落的地面旁，观察道："这像是野兽的洞穴。"

"这洞口不止一处，你们看这边。"杜子美走到一处角落，轻轻扒开落叶和荒草，一个巴掌大的洞口出现在四人的视线之内。

晏河洛咬牙切齿地说道："哼，我要捉住它。"

突然，传来一声凄厉的吼叫。

四人不约而同地打起了寒战。

"走！"杜子美扶起晏河洛。

孙家客栈是送驾庄中唯一的客栈，孙掌柜长得肥头大耳，一脸凶相，但是他说起话来，软糯细绵，这巨大的落差让人很容易记住他。

晏河洛与师父和太白先生前往王屋山的时候，曾经在此处歇脚半日。孙掌柜看到晏河洛伤了脚，拿出一个盒子递了过来："这

第四章 河神咒

药对筋骨创伤最为有效，你涂抹些，很快就能消肿。"

"多谢孙掌柜。"杜子美感激地谢过。

孙掌柜咧嘴一笑："应该的，不必客气。"

"孙头以前和我一样，是洛邑府的不良人，孙翁身体不好，他才回到送驾庄的。"晏河洛仔细介绍了孙掌柜的身份。他压低声音问道："孙头，我跟你打听个事儿，后街那个宅子有很多洞，是什么东西挖的？"

"你们去那个宅子了？"孙掌柜的笑容瞬间收敛，他扫视一周，见客堂没有其他人才开口道，"还好你们是白天去的，你们阳气重，只伤到了脚，若是晚上去，会被鬼公主抓去做驸马的。"

"鬼公主？"众人惊讶地瞪大眼睛。

孙掌柜点了点头："我家这客栈，开了快百年了，太爷爷传给我爷爷，我爷爷传给我父亲。我这长相，几位也看到了，实在是不能经商，所以我十几岁就去了洛邑，做了不良人。后来，父亲身体越来越差，我才回来的。"

"快说鬼公主。"晏河洛开口催促。

孙掌柜又四处张望一番，还小心翼翼地关起了门，说道："鬼公主的事儿，是家里老爷子跟我说的。先天二年时，有一位贵人被押解到那宅院。每每有人路过宅院，都能听到她在里边弹琴悲歌。有人说，她是镇国太平公主的女儿，也有说是儿媳的，还有人说她是太平公主身边的女官。"

"太平公主？"太白先生和杜子美会意地对视了一眼。

孙掌柜继续说道："后来传得越来越邪乎，有人说，她就是镇国太平公主。圣人不忍心杀她，将她幽禁在那别院之中。开元九年,宅院内的人搬走了,连个看院子的都没留下。有人偷偷翻墙进去过,抢走了值钱的家具器皿。可是,不久之后,凡是抢了宝贝的人,都得病了。幸亏王屋山下来一位老神仙救了大家,否则啊,这送驾庄,怕是要十室九空了。"

"你是说,那位被幽禁在这里的女人死了,变成了鬼公主?"杜子美皱眉,这故事听起来,处处漏洞,显然是有人胡编乱造的。

孙掌柜点头:"是的,是那位老神仙让大家在宅院里立石像的,不然鬼公主是会抓驸马的。于是庄子里族长便请了一位洛邑城的大师父,在院子里布置一番,做了那些石像。本来以为立了石像就没事儿了,谁也没想到的是三年前的月圆夜,有人偷跑到宅院内偷情,看到那石像的眼睛会发光。偷情的女人被石像咬死了,男人吓出了疯病,逢人就说,他见到鬼公主了,鬼公主要招他做驸马。"

晏河洛也吓得身体一颤,忘记了脚上的疼痛,他咽了咽口水,问道:"后来呢?"

"后来,人死了,就埋在后山上。不过,他下葬的第七天,他老娘做了个梦,梦见他成了新郎官,被抬到院子里和鬼公主成亲。鬼公主给他老娘奉茶,然后让一群小鬼将他啃了个干干净净。他娘醒后,让人去他的坟上查看,他的坟不知被什么挖了个这么大的洞,棺椁也被咬开,尸体的肉被啃食一空,骨头也少了几块。"孙掌柜讲到这里,害怕地看向别院,"那几块骨头,都被摆在了那栋宅子的门口。"

晏河洛颤抖地抓住杜子美的手臂:"师父,鬼公主不会是看

第四章 河神咒

上我，要抓我去做驸马吧？我这脚就是被她抓住，才变成这样的？"

"别胡思乱想，天下本无鬼，人心在作怪。"杜子美眉头一挑，他在乎的不是传闻，而是鬼公主到底是谁，谁在打着鬼公主的名号在背后作恶。

"啊，汤做好了，我去盛些来。"孙掌柜匆匆地走向后厨。

众人在沉默中用了餐。天色渐暗，太白先生、允诺来到晏河洛和杜子美同住的客房。晏河洛正在制作着什么，小零碎摆了满地。

"这是……"允诺好奇地拿起一只铁环。

"别动！"晏河洛阻拦，"这是捕猎物的夹子。"他转向杜子美和太白先生，反复演示了机关，介绍道，"把这个夹子放到落叶堆里埋好，肯定能抓到猎物。"

"妙哉，妙哉！"太白先生点了点头，"河洛好手艺。"

晏河洛的俏脸有些发红，他低着头，瞄向杜子美："师父，你能不能留在客栈陪我啊？我怕你们都走，鬼公主过来抓我。"

"嗯，也好。贤弟你就不要去了，我和允诺快去快回。"太白先生开门应道。

允诺顺手摘下挂在脖子上的护身符，套在晏河洛的脖子上："这是师父留给我的，你戴着护身。"

"哇，谢谢允诺姐姐，允诺小姐姐，你最好了。"晏河洛的小嘴仿佛抹了蜜。

允诺根本没领情，只是拍了拍他的肩膀，与太白先生一同离开。

杜子美站在窗前,看着他们离开的身影,又望了望夜空:"不知今夜能否有所收获。"

夜里的送驾庄灯火稀疏,少有人在外面活动,大户人家的院子里偶尔会有狗叫声传来。太白先生没有着急,而是围着别院转了一圈,推开了一处角门,走了进去。

萧瑟的院落如白天一样安静,在夜色的笼罩下,更添了几分诡异,允诺提着灯笼,照亮了那一座座冰冷的石像。其实,石像并没像孙掌柜说的那般长了一双绿色的眼睛,那抹绿光似乎更像是荒草中的蛇虫鼠蚁。

两人谨慎地聚集在石板路上。

允诺问道:"先生可有发现?"

太白先生摇了摇头,看向院落中的那棵古树,说道:"画中的仙子是在这里翩翩起舞?"

"嗯,我来试试。"允诺放下灯笼,深吸一口气,飞上院墙。随后,她宛如九天仙子般飘逸地落下。

太白先生迷了眼,怔怔地念道:"月、树、允——诺。"

允诺唤了两声,太白先生才缓缓回神,两人将晏河洛做好的捕兽笼放在洞口,离去。

客房内的师徒二人已经等急了,晏河洛见到太白先生与允诺回来,急切地问:"先生,可发现什么端倪?"

太白先生摇了摇头:"没有。"

杜子美打开那幅画:"会不会咱们的方向错了?"烛光渺渺,画中的女子似乎活了,她并不是在曼舞,更像是在跑。

"是跑,她在逃跑。"允诺语出惊人。

第四章 河神咒

"难道是嫦娥奔月?"晏河洛脱口而出,"你们看,她逃跑的方向是天上的月亮。"

允诺点了点头:"没错,是奔月的方向。"

"我怎么没想到呢。"杜子美两眼放光地说道,"仙人是在用这幅画告诉我们,凤王丹被一个女人带走了,她在别院内飞升成仙。"

"是别院的主人要效仿嫦娥,吞服凤王丹飞升成仙?"太白先生做了补充。

杜子美思考片刻后,说道:"别院的主人就是石像的原型,很可能是一位县主,与镇国太平公主有关。"

"先天二年,与镇国太平公主有关的县主都被处死了。如果孙头说的都是真的,当时有一位县主没有被处死,而是被幽禁在了别院之中?"晏河洛冷静地分析道。

"不对,似乎少了些什么,是什么呢?"太白先生仔细地看过,"是什么呢?"

"玉兔,是玉兔啊,嫦娥是抱着玉兔奔月的,画中的女子并没有抱玉兔。有没有可能,院子里那些洞,就是玉兔所挖?"晏河洛的两眼放光,他觉得,自己将一切都串联了起来。

"哈哈。"太白先生将画卷好,"先休息吧,大家都累了。"

翌日天亮,四人聚在一起,显然都没有睡好。

允诺的眼睛红红的,声音也有些沙哑:"我想再去看看。"

"好。"晏河洛的脚已经消肿,孙掌柜的药果然好用。

四人出了门,直奔别院。

允诺找到昨夜放置的捕兽笼,空空如也。晏河洛又仔细地查看了一遍,并无差错。

太白先生叹息:"或许,此地根本没有我们想找的东西。"允诺的心情很差。

"真相总有大白的那一天。"杜子美安慰了几句。

四人心情低落地离开别院,回到孙家客栈。

"到底是什么地方错了?"晏河洛敲打着几案,发现自己的手上粘了一根细软的白毛,"你们看这是什么?真的有玉兔。"

"狡兔三窟,玉兔自然不是那么容易上当的。"太白先生说道。

"谁说的?我就逮到了!"一个背着弓箭的猎郎提着捕兽笼,走了进来。

孙掌柜迎了出来:"哎呀,我不是说了吗?我不收野味。"

"这次的不一样。"猎郎指着捕兽笼内小小的一团,"这是刚断奶的兔子。"

"你从哪里逮到的?"允诺和晏河洛同时问道。

猎郎笑道:"我昨晚就见到你们了,你们是不是想吃这个才去的?"

"这兔子是在别院抓的?"太白先生问。

猎郎点头:"没错。昨晚你俩从那鬼宅出来,我刚巧就在附近,你们啊,放捕兽笼的地方,不对。"

"什么不对。"孙掌柜气呼呼地瞪了眼猎郎,"这是玉兔,乃祥瑞之物,不能吃。你看它双眼如玉,身无杂毛,吃了这玉兔,会遭天谴的。"

"哪有什么天谴,我就吃过不止一只,现在不是也活得好好

第四章　河神咒

的。"猎郎不满地嚷嚷道。

晏河洛掏出铜钱,递了过去:"你这玉兔,归我了。不过,你要告诉我,你吃的玉兔,都是从哪里逮到的?"

猎郎沾沾自喜地说道:"都是在鬼宅,只有那里有玉兔。"

太白先生盯着那灵动的玉兔,想起了一段前尘往事。

金瓦红墙,翠枝云花,帝王家的巍峨雄伟,对小小的翰林供奉来说是可望而不可即的。

天底下最尊贵、最有权势之人皆聚于此。恰巧,太白先生也在。有人对他不屑一顾,有人对他嫉妒憎恨。只有那个小人儿,每次相见,眼里的笑满满当当,都漾出来了。

每次相见,她都会分享很多趣事。

他好奇地问:"你怎么知道这么多啊?"

她笑着回答:"因为我是宫里的玉兔,耳朵特别长。"

直到赐金放还的那天,他依旧不知她的名字,每次见面,只叫她玉兔。

她是玉兔!

"玉兔有灵,是祥瑞之物。古籍有载,玉兔捣药,向仙草之中注入桂树之气,让仙草的药效更上一层。华盖仙人能炼出凤王丹,或许有玉兔的功劳。"杜子美的话让太白先生缓缓回神,"它可不只会捣药,还能探听消息,你看它这耳朵,灵着呢。"

"有玉兔在,总算没有白来一趟。"晏河洛喃喃地说道。

"是啊,寻仙不成,我们该回人间了。"太白先生大笑。

"洛邑!"允诺一身清冷地望向遥远的天边。

15

天色渐暗时,一辆马车行进了洛邑城,停在晏府门口。

老仆早已在门口等候,将众人迎了进去。

晏河洛的母亲刘氏脚步匆匆而来:"信上说,河洛受伤了,怎么样?计郎中已经到了。"

"爹爹呢?"晏河洛伸着脖子问。

"县衙出了大案,你爹已经一整天没回来了。"刘氏爱惜地看着儿子,"快坐下,让计郎中瞧瞧。"

计安堂是洛邑城出名的医家,计家与晏家交好,计郎中更是晏家的常客。熟人客套一番,计郎中便看了看晏河洛扭伤的脚腕:"无碍,只是扭伤,皮外伤,应该是涂抹了些药膏。"

"是啊,计伯伯,昨天肿这么高,抹了药,当晚就消了一半,第二日就好了。"晏河洛顽皮地晃动着脚踝。

计郎中又摸了摸他的脚踝,捏了一些残留的药膏闻了闻,脸色微变,径直问道:"这药膏从何而来?"

"是……"晏河洛刚想开口,杜子美打断他:"哦,这是山野游医给的。"

计郎中想了想,压低声音:"也罢。"

"您识得此药?"杜子美问。

计郎中点了点头,说道:"此药称为红油宝药,乃薛家的独有秘方,自薛家县主与太平公主被一起赐死,此药便了无踪迹。我已寻找此方多年,毫无音讯,若能寻得,我愿重金购买。"

第四章　河神咒

"若有缘，再次见到那位游医，我们定告知。"杜子美说道。

"多谢。"计郎中离去，晏母刘氏也忙着招呼厨房做餐食去了。

屋内只剩下太白先生、杜子美、晏河洛和允诺四个人。允诺不解地问道："计郎中既愿意出重金购买，为何不将孙掌柜的地址告诉给他？"

"他招惹不起。"杜子美说道，"红油宝药与太平公主有千丝万缕的关系，一旦处理不当，就是抄家灭门的大祸。"

"是啊。"太白先生与杜子美不经意间目光对视，从都亭驿到王屋山，再到送驾庄都与太平公主有关，背后的血雨腥风足以翻动江山。

两人都不再说话，默默地端起茶盏。

晏长水风尘仆仆地回来的时候，已经宵禁了。

思儿心切，晏长水亲眼见到晏河洛在自己面前走了一大圈，才彻底放下心来。

主客围坐在素雅的房内，仆人们端来了温好的阿婆清。

开怀之前，杜子美给晏长水介绍了允诺。

"姑娘来晏家做客，真是晏家的福分。"晏长水端起酒盏。

允诺自然没有寻常姑娘的扭捏，她大大方方地回敬一杯，颇有江湖儿女的气度。寒暄过后，晏长水叹了口气。

晏河洛看出父亲有心事，试探地问道："有案子？"

晏长水看着日益成熟的儿子，欣慰地说道："是啊，你们再不回来，我也要派人去寻了。洛邑近日遇到怪事，颇为棘手。"

"哦？什么怪事？比吞人兽还怪？快说说嘛。"晏河洛着急地说。

晏长水苦涩一笑："吞人兽案已真相大白，眼下的这个案子，更为奇怪。此事还要从十天前说起。一位胡商来县衙报案，称他被河神爷诅咒，手心生出了催命纹，必须要县令大人写一张表文烧给河神，求河神饶恕，他才能活命。县令大人与他关系不错，也为了安稳民心，便替他写了咒文。可是，没过多久，他还是死在家里，五心之处皆出现鹤红色的瘢痕。接下来的这几日，每天都有同样症状的人遇害。河神咒甚为可怕，人人自危。"

"仵作怎么说？"杜子美放下茶碗，一般来说鹤红色瘢痕只是表象，很多病症都可能出现这种症状。

晏长水的表情一僵，叹息道："不是病，也不是中毒。死者来县衙之前，已经请遍了洛邑城的名医，他们给出的结论都一样：湿气重。"

"湿邪入体，清阳不升？这非致死之症啊，可开有药方？"杜子美问道。

晏长水点了点头："都有开方，可并无大用。"

"其他的，一点线索也没有吗？"太白先生无意地问道。

晏长水痛心疾首地说道："我们已经查了好多天，据不良人汇集的线索，这些被河神诅咒之人皆是貌美富有之人，他们在被诅咒前，都去了天津桥的重楼。"

"重楼。"晏河洛"噌"地站起来，"我们明天一早就去。"

第四章 河神咒

16

钟声阵阵，清风徐徐，懒洋洋地吹醒了洛河两岸的垂柳，翠绿的枝条无精打采地落下，平静的湖面上留下一团团暗影。

自从出了河神咒一事，大津桥上的人少了大半，临街的商铺和重楼都摆上了河神爷的泥塑，日夜祈祷，保佑平安。

晏河洛作为引路人，将众人请到重楼的茶肆，吸引了不少的目光。茶肆的茶客不多，皆是一身旧衣。

往日的嬉笑调侃之声全无，剩下的只是低语和警惕。茶肆的掌柜满脸愁容地拨弄着算盘珠子，细细思量着支出和收入。

这时，晏河洛等人到了，掌柜的眼睛顿时亮了。

许久没有这么多客人登门了。

"贵客二楼请，二楼雅间都空着。"掌柜走出柜台笑脸相迎。

"先生，师父，雅间的风景极好呢。"晏河洛兴奋地说道。

太白先生点头，顺着楼梯，走进了靠窗的雅间。四人刚刚坐好，小二便端着茶点进来。跟着来的还有一个女人，她长相一般，穿着普通，却异常的香。那股沁人心脾的香味让晏河洛忍不住使劲嗅了嗅。

"香儿为四位贵客烹茶。"香儿将怀里的墨色漆盒放到茶炉旁的小桌之上，只见她打开墨色漆盒，拿出一套精美的茶具。

晏河洛瞪大眼睛，说道："壁薄光滑，温润如玉，这是越窑的上品官瓷啊。"

香儿只是笑笑，并未出声，她娴熟地从茶壶里分出三沸的热茶,又将热茶倒了回去,再用竹夹在双层藤纸里夹一块茶饼,加了肉蔻、桂皮、薄荷,还加了一勺盐和两勺茶末,一同倒入茶汤。

不一会儿,茶汤沸腾翻滚,香儿用浸满茶色的竹筭滤出泡沫和茶渣,将热茶倒入醒茶的母杯。当茶色渐渐变浅,茶香缓缓溢出,茶汤缓缓地流入茶壶。

"如此行云流水,香儿姑娘真是好手艺。你这烹茶之法,圣人身边的烹茶女官也不过如此了。"太白先生赞道。

香儿拎着茶壶,在手中稳稳晃动,反复几遍后,轻轻将热茶倒入四人的茶碗:"请用。"

屋子里弥漫着浓郁的茶香。晏河洛着急地品茶,差点烫了舌头:"喝了这茶,才知你为何叫作香儿,你这香囊,用了几种香料?"

"不只是香料,还有草药与干花,一共用了二十一种,制作方法是家里秘传。"香儿伸手取下发簪上的香囊。

杜子美看过,说道:"看这样式,很像是秦州之物。"

"香儿祖籍秦州。"香儿将发簪插好,又回到茶炉旁烹煮茶汤。

晏河洛看向好奇的允诺,说道:"你可是对香囊有兴趣?这秦州香囊,很有名气。岐黄之术的创始人岐伯就出生于此。我认识一位秦州的方士,他家娘子不只戴香囊,还有耳枕等物,每一处所用药草皆不相同。"

"姑娘闲时能否为我制作一个?"允诺看向茶炉旁的香儿。

香儿没说话,允诺没有再提。此时,茶温刚好,品茶的太白

第四章　河神咒

先生双眼微眯,似乎在想着什么。

热茶入腹,狭窄的喉咙处传来的是阵阵清凉,他真的看到了那座山,山中的宅院正是他出生的地方。他在那生活到了二十四岁。

山间的一草一木,那般的熟悉,一碗茶,竟让远去的回忆变得如此清晰。曾经以为忘记的,如今又重新出现在脑海,波澜壮阔。

"好茶。"太白先生称赞道,"此景,此茶,足以媲美天津晓月。"

杜子美惊讶地端起茶汤,轻抿一口,果然回味无穷:"以前只觉得御赐佳酿是人间美味,今日喝了香儿姑娘的茶,才觉得以前的见识是少的。"

"先生谬赞,刚刚的茶有些凉了,香儿再添些。"香儿提着茶壶,又给每人满了一碗。

允诺听了两位先生的称赞,也端起茶碗,细品一口,那味道竟是苦的。一种极度的压抑从心底奔涌而出,她的身体不由自主地颤抖起来。

"允诺……"太白先生喊了一声。允诺没有想到的是自己仿佛回到地宫,师父坐在莲台之上。

"你这丫头,还是如此贪玩。我留给你的画,可曾拿到?"华盖仙人的声音传了出来。

允诺委屈地看着他,眼圈噙满泪水:"师父……"

"来来来,为师带你成仙。"华盖仙人一挥手,龙池的水涨了起来。那张慈祥的面容变得狰狞,一旁的贝蟒也露出獠牙。

允诺大喊:"你不是师父,你是谁?"

地宫的出口皆已消失,龙池之水将她淹没,莲台上的华盖仙人变成了别院中的石雕,贝蟒死死地缠住她。

"呼呼呼!"允诺感受到了强烈的窒息感。

"允诺,允诺……"

地宫顶端出现一束光,刺痛了允诺,她猛地张开了眼睛。

"醒了,醒了……"晏河洛长舒了一口气。

允诺出了一身的汗,说道:"香儿姑娘煮的茶汤,还真是让人回味无穷。"

"此茶有些安神之效,与其他茶楼之茶并无两样。想必姑娘最近是心神疲惫,神血两虚。我再给您舀一碗。"香儿笑着走向茶炉。

第二杯热茶下肚,允诺的脸色恢复了很多。

晏河洛忽然惊讶地说道:"允诺,你的手腕。"

"手腕?"允诺抬起头,僵住了。她的手腕不知为何鼓了起来,就像戴了一只肉镯子:"你这茶有毒?"

她将漆盒内的香料一一拿起,细细地品尝,并无异常。香儿顿时慌了神。

晏河洛问:"香儿姑娘,能看看你的手吗?"

"贵客若是对香儿不满,可以换其他人过来煮茶。天津桥煮茶,一直如此,重楼的配方从未变过。"香儿伸出十指,指甲不长不短,并无藏毒的迹象。

允诺歉意地拱手道:"抱歉,是我们多疑了。这香包,是你绣的?"

第四章 河神咒

"是的。在我们秦州,男女所戴有所不同。改日,姑娘若再来,香儿送您一个。"香儿的眼底闪着光泽。

允诺摇了摇头:"不必麻烦了。"

"嗯,若是您不嫌弃,香儿这个香包就送给您吧。"香儿摘下香包递给允诺。

"嗯,多谢!"允诺真的很喜欢这个香包。

香儿继续说道:"我已经戴了一月有余,再过一月,姑娘来这里寻我,我们可以一同更换香草。"

"那就麻烦香儿姑娘了。"允诺学着香儿的样子,将香包系在发簪上。

四人一同走出重楼,虽然没有河神咒的线索,却似乎对别院石像有了新的发现。

"你这手腕,可有不适?"杜子美看着心事重重的允诺。

允诺摇头:"并没有其他感觉,我摸了摸是硬的,就像皮肤下面长了一块圆骨头。"允诺仔细地讲述了喝茶之后的幻觉。

"是幻觉吗?"太白先生也想到了自己的幻觉。

允诺皱眉:"烹茶的香料我尝过,并无异常。"

晏河洛伸出手臂,灵活地动了几下:"没事啊。"太白先生瞳孔一缩:"手心。"

晏河洛翻过双手,掌心出现了印记。

"血鹤印,河神咒。"他身子一颤,险些摔倒。

太白先生和杜子美也看过手心,无一幸免。晏河洛愤怒地说道:"那个香儿,肯定有问题。"

"回去问一问她。"杜子美咬牙切齿,他对香儿还是有好感

137

的。香儿制香囊、烹茶的手艺都很值得赞赏。

允诺摇头："那茶没有问题,她也没在指甲之中藏药。我们直接找过去,怕是会打草惊蛇,这件事要秘密探查。"

17

洛邑县令为武官出身,领兵打仗没的说,舞刀射箭也是好手,只是对断案破案这些事毫无头绪,基本都交给了晏长水。

河神咒的案子一出,晏长水的压力极大,当看到晏河洛和两位先生掌心的瘀痕,晏长水哪里还坐得住?

"怪我,都怪我,我不该让你们去重楼。"晏长水万分自责。

太白先生摆手说道:"生死有命,富贵在天,晏县丞莫要自责。"

"事已至此,我们要尽快找到幕后的歹人。"晏长水关切地问道,"你们可有什么发现?"

晏河洛说道:"天津桥重楼,有个烹茶的姑娘名叫香儿。她烹出的茶很特殊,至今为止,我还是第一次喝到如此回味无穷的茶。我总觉得她有问题,在重楼内,我们只与她有所接触。所以,这河神咒很可能是她在捣鬼。"

"香儿姑娘我是知道的,我也喝过她煮的茶汤。你们之所以回味无穷,那是因为第一次喝她烹煮的药茶,第二次就会消减很多。茶汤是重楼茶肆的立足之本,她已在重楼煮茶五年,若真是她下毒,为何最近才动手?她下毒能给自己带来什么好处?"晏长水分析道。

第四章 河神咒

允诺开口道："我觉得香儿姑娘没有问题。在我们不知晓哪里有问题的时候，就问问自己，是谁获得了利益？河神咒让重楼无客饮茶，香儿姑娘不会做这种有百害而无一利的事儿。"

允诺的话音刚落，县衙外便传来了纷乱的叫喊声。一群人推搡着一个人叫喊着："我们要见县令大人，让县令大人给我们评评理。"

"怎么了，怎么了？"晏长水、晏河洛几个人走出来。几个不良人已经将人群分开，被推搡的那个人竟是济安堂的计郎中。

"亲家姐夫，可活不了了，你得救救我家大郎啊。"刘大娘子总算见到了自己的靠山。

晏河洛疾走两步，上前问道："舅舅他怎么了？"

"该死的控鹤使，他给我家大郎下了河神咒，我家大郎命不久矣啊。"刘大娘子以手掩面，痛哭流涕。

杜子美发觉了刘大娘子话中的漏洞，他开口问："这位大娘子，河神咒与控鹤使有什么关系？你们又为何要带计郎中见县令大人啊？"

"你们都不知道？那河神，乃是当年天后的控鹤使所化，那控鹤使出身贫苦，长得丑陋，最恨俊美且富有的人。当年他死在洛河边，尸体跌入洛河之中，如今成了洛河的河神，便利用自己的权柄诅咒他所厌恶的人。我家大郎……"刘大娘子想起了家中卧床不起的刘家大郎，又一次大哭起来。

计郎中总算找到了机会开口："县丞大人，您可要给我做主啊。我在河神庙跪了一个时辰，求来了续命解咒的灵药，他们不感激我，还砸了我家药柜、摘了我家匾额，那可是我爷爷做太医

139

时天后赐的。"

"我怎么不知道洛邑有河神庙，你求来的灵药，真的能治河神咒？若真的能治，大家为何要砸你家医馆？"晏长水抓住了计郎中言语之中的破绽。

计郎中还没有来得及狡辩，与他一同过来的人便开口道："他的药治不了河神诅咒，只能用来缓解。一丸药一两黄金，只管一天。"

"县丞大人啊，那可不是我定的价，那黄金，是要献给河神大人的，我只是赚些辛苦钱。"计郎中擦着眼泪。

晏长水不耐烦地问："你还没回答我，河神庙在什么地方？我怎么不知道有这个地方。"

"那是因为，您没去过鬼市。如今的鬼市三足鼎立，摆渡人、红手门与河神庙各霸一方。红手门与河神庙不知何故，仇怨颇深，最近几天正在互相征伐，那灵药，是我九死一生带出来的。"计郎中委屈地解释。

"你早把河神庙在鬼市告诉我们，我们就不摘你的匾、砸你的店了。走走走，咱们也去鬼市拜河神爷去，计老五能求来药，咱们也能求来。"围在四周的人群向外走去。

计郎中并未阻拦，反倒喊着："带黄金，不带黄金求不到灵药的。你们去了就知道，计安堂从不骗人。"

"你的灵药也是黄金换来的？"杜子美问道。

计郎中点头："那可是续命的药，没有黄金咋可能轻易得到。"

"治愈河神诅咒的药要多少黄金？"太白先生问道。

计郎中得意的表情一僵，他咳嗽几声道："河神大人并没有

第四章 河神咒

跟我提起过治愈河神诅咒的药。先生想知道，可以去河神庙询问一番。县丞大人，计安堂现在一团糟，我得回去收拾一下。"

计郎中离开了县衙，晏河洛对晏长水道："爹爹，我们要看一看关于河神咒的卷宗。"

"还有控鹤使，刚刚刘大娘子的话或许有所依据。"太白先生在一旁提醒。

晏长水点了点头："河神咒的卷宗，我立刻派人去取。控鹤使涉及太后，我要请示一下县令大人。"

晏长水去得快，回来也快。衙役麻利地将卷宗摆好，众人看了起来。

晏河洛翻开了控鹤使的卷宗，卷宗前面字迹满满，越往后翻，内容越少。他仔细看过字迹："卷宗的前后两部分，并非一人所写。"

晏长水点头："是的，前面是宫中所载，后面的部分由镇国太平公主保管。公主死后，并没有寻到相应卷宗，便按照卷宗上的名姓、籍贯去抓人，与前面自然是有所差异的。"

"这大唐，果然处处都有镇国太平公主的痕迹。"晏河洛感叹地说了一句。

屋内悄然无声。

允诺放下手中的卷宗："如此看来，控鹤一说倒也成立。卷宗上说，洛邑城的几位高龄老翁称，曾在控鹤使处见识过类似的手段，瘢痕为红色鹤形，也算是一种印证。不过，这控鹤使早已消失，如今查起来颇为困难。不过……"允诺凤眸一闪："这些中了河神咒之人都去过重楼饮茶。"

141

"想破局，还是要从重楼茶肆下手！"晏长水皱眉。

"还有鬼市。若是重楼茶肆有问题，他们岂能如此明目张胆？或许有些人在混淆视听。"太白先生推断道。

晏长水叹气："天津桥一带已经查过多次，没有发现什么端倪。"

"那我们去鬼市。对了，香儿住在何处？也可以去查查。"晏河洛早就听说过鬼市，这次刚好逮到机会。在他看来，去鬼市探查消息，比调查一个烹茶的香儿有趣多了。

"你们已经中了河神咒，现在还没有感觉，若是气血运转，不日便会感到身体衰弱。你们还是留在府中静养，我安排不良人去。"晏长水阻拦道。

允诺在一旁道："我去。"

"我也去。"晏河洛执意坚持。

"那……"晏长水犹豫。

"爹爹，这是自救。"晏河洛的眉宇间透着勇气，他已经是顶天立地的少年了。

晏长水很欣慰，又担心，作为父亲，他恨不得替儿子死；但作为洛邑县丞，他必须在最短的时间之内缉拿凶手，保洛邑城一方平安。

"万事小心。"晏长水拍过儿子长高的肩膀。

大唐实行宵禁制度，洛邑城也不例外。武侯和金吾卫在各自的管辖范围巡逻，街上一个人都没有。

不过，人有人路，鬼有鬼道，每每日落月升，都会有一群影子悄悄隐入夜色，潜入鬼市。

第四章　河神咒

据传，鬼市是机关门所建，是当年逃离九嶷山的机关门弟子在长安、洛邑等诸多大城之下建立的藏身之地。这些机关门的后人，便是鬼市摆渡人的先祖。

摆渡人知晓出入鬼市的各个通道，以收取入门费为生。晏河洛对鬼市熟悉，他带着众人直奔洛河旁的一处废屋。

废屋之中挤满了人，个个戴着面衣，警惕地看着身边人。

晏河洛和允诺也戴好面衣，混入人群。

他拽了下允诺的衣角，指向不远处的几个人。那几个人正是之前将计郎中送去县衙的领头人，刘大娘子也在其中。

咚咚咚！

"时辰到了。"屋内更加拥挤。

只见废屋中间的四方石板陷入地面，一处暗门出现在众人的视线之中。

"我师父曾说过，洛邑城下的鬼市依水而建，应该是坎门。"允诺低声说道。

晏河洛本就对鬼市有兴趣，凑得更近了。允诺又说了几句，两人顺着廊道，一路前行。

允诺盯着前方，走在最前面的是提着鬼火灯的摆渡人，蓝色的火焰将他的脸照得黯淡。

前方传来低语声："你们才知道啊，河神庙治愈诅咒的药其实是凤王丹。"

晏河洛拉住欲上前询问的允诺："鬼市鱼龙混杂，暗藏杀机，金吾卫在其中有很多线人，那河神爷若真的有凤王丹，金吾卫早就打过来了。"

143

"没有凤王丹,却打出了凤王丹的名头,那位河神爷不怕惹祸上身吗?"允诺沉思。

晏河洛想了想道:"有凤王酒肆的事情,连洛邑城楼上的石兽都听过凤王丹的名字。那位河神爷定是为了高价出售解药,才将它取名为凤王丹。"

"天上换玉皇,地下换阎王。红衣圣手出,凤女威名扬。"领路的喊着口号,六个上身赤裸、满身油彩的壮汉举着红手门的法旗走了过来。

他们的身后是一顶软轿,软轿停下,走出一个身着红裙,头戴金钗,手腕系铃的女子。她森冷地扫视四周,目及之处,恭敬声一片。

晏河洛瞳孔一缩,低声道:"鹤娘!她在地宫出去时带走了几颗有毒的凤王丹,你没杀她?"

当日,鹤娘从隧道逃离,允诺本有机会击杀她,但鹤娘却出现在此地。

允诺摇头:"她带走的是凰血丹,凤为雄,凰为雌,凤王丹是阳丹,蕴含阳气,用来温养躯壳;凰血丹是阴丹,蕴含阴气,用来滋魂养魄。师父说过,万物有阴有阳,凤王丹成,凰血丹自然应运而生,所以在她离开之时,我并没出手阻拦。"

"这么说,河神咒应该与凰血丹无关。这些红手门的家伙,要做什么?走,进去瞧瞧。"晏河洛与允诺混在队伍后面。

这时,队伍里的一位老者嘟囔着:"圣女这排场,比公主都大。"

"圣女就是鬼市的公主。"老者身边的女人低着头,虔诚地将

第四章　河神咒

双手举过头顶。

"落轿！"一记长调，所有人停下脚步，鹤娘走下软轿。

前方是一处高阁，门口立着两根旗杆，飞舞着龙旗和鱼旗。

"莲池昭日月，法雨润乾坤。这位河神爷口气真大。"允诺念着门上的楹联。

鹤娘见涌来的人越来越多，刻意走到两杆旗杆下。只见她轻轻挥手，旗杆断裂，龙旗和鱼旗上的飞龙和飞鱼盘旋着上了天。

众人纷纷跪下："红衣圣手出，凤女威名扬。"

鹤娘满意地再次挥手，飞龙和飞鱼落入旗上，又恢复了原样。

"怎么做到的？"晏河洛睁大了眼睛。

"幻术。"允诺指向高阁之上，一束巨大的烟柱高耸入云，连接着仙宫和人间。

晏河洛用力嗅了嗅，好熟悉的味道。允诺推了他一下，他顺手掩住了口鼻。

鹤娘扫了眼围观的人："那里！"

"河神庙！"众人蜂拥而至，晏河洛和允诺护住彼此。鹤娘大喊："姓计的，别人不知道你是哪条阴沟里的老鼠，我会不知道？当初若不是我，你就被金吾卫剁成馅了。"

"鹤娘出气了吧？回吧。"沙哑的声音自河神庙内传出，几个戴着水鬼面具的黑衣人冲了出来。

鹤娘冷哼一声："杀了我红手门那么多姐妹，我总得给讨要个说法！"

"若不是七凤先出手，我也不会动手。这鬼市，本就属我这一支,你们红手门霸占得够久了。"一男子凶残地盯着鹤娘。

鹤娘手腕一转,一把匕首握在手心:"计墨巧,七凤为何对你出手?血雾香的解药为何名为凤王丹?你在暗示什么?想要引谁过来?"

"鹤娘真的想让我说出来?"计墨巧冷冷地说道。

鹤娘伸出匕首:"给你下命令的人,等你的人,都已经死了。你又弄出了河神咒,再折腾下去,只有死路一条。听我鹤娘一句劝,把那件东西交出来,荣华富贵,我红手门都能给。"

计墨巧冷笑:"又用这套来诓我?二十一年前,若不是被你诓骗……"

"闭嘴!病从口入,祸从口出,你真的要与我红手门不死不休吗?"鹤娘一纵身,匕首直刺计墨巧的喉咙。

计墨巧竟然不闪不避,手中短刀早已暗中逼近鹤娘的胸口。

鹤娘满脸惊愕,连连后退:"你真是个疯子。"

"我在二十一年前就疯了,你最好别招惹我,不然我什么都做得出来。"计墨巧发出瘆人的笑声。

鹤娘来时的排场很大,却被河神庙的计墨巧反将一军,她正思考着是否要与计墨巧继续纠缠。

"嗖嗖"的暗箭袭来,红手门举旗的壮汉应声而倒。

鹤娘挥动匕首直奔计墨巧:"就知道,你只会这种下三滥的招式。"

"不是我的人。"计墨巧这次没有拼命,而是退了下来。

鹤娘紧追不舍:"不是你,会是谁?"

鹤娘狠狠地扑向计墨巧,两人打成一团。红手门的壮汉与河

第四章　河神咒

神庙的水鬼也加入了打斗。允诺与晏河洛躲在暗处，寻找着放冷箭的人。

允诺低声道："师父曾跟我提过，机关门分为墨、鲁两派，他们的首领分别被称为巧工和神匠。河神爷叫计墨巧，应该是这一代的墨派巧工。他师父姓孙，与我师父有些渊源。"

"刚刚袭杀红手门的那些弩手，是金吾卫的暗卫，他们还会再出手。走……"晏河洛拉着允诺冲向河神庙，两人的身后跟着暗影。

鬼市诡道，河神庙内满是瘴气，晏河洛和允诺穿过长廊，误入了一个温泉池子。温泉内一片血水，梅花桩上倒挂着尸体。

"什么味道？"晏河洛觉得有些头晕。

允诺拿出手帕，按在他的口鼻上："温泉里的香木有毒，会让人产生幻觉。那些红手门的人，很可能在自相残杀。"

"红手门不是最擅长幻术吗？怎么会如此？"晏河洛的话音刚落，两人身后的月亮门竟突然关闭。

"气沉丹田，神守百会，跟我走。"允诺拉着晏河洛，飞踏上梅花桩。

前方的打斗声越来越近，血腥味越来越浓。恍惚间，晏河洛仿佛看到了两个允诺。

允诺点住晏河洛的痛穴，晏河洛恢复了神志。

"你看……"允诺指向前面的梅花桩，鹤娘虚弱地瘫在那里，腹部透着血窟窿。

"计墨巧呢？"两人过去询问。

"跑了，咳咳。那个尿货，他把金吾卫的人引来，自己跑

147

了。"鹤娘剧烈咳嗽，鲜血上涌。

"红手门为何要与河神庙开战？是你们下的河神咒？"允诺问。

"不……"鹤娘颤抖着从怀里拿出一枚玉佩，"你是华盖道人的徒弟，这玉佩，帮我送回红手门，我告诉你一个秘密，一个……"

鹤娘的话没说完，身体一颤，直接落入温泉。

允诺收好玉佩，说道："走，去找计墨巧。"两人停在一处墙壁前，晏河洛仔细看了看，小心翼翼地敲击墙壁，墙壁随即裂开了一扇门。他走在前面："进去瞧瞧。"

嗖嗖嗖！

"小心！"允诺挥舞长袖将箭矢挡下，晏河洛惊呼："啊！"他张开双手，掌心那道暗红色的鹤形瘢痕愈加深了。

允诺刚想说些什么，一道寒光闪过。允诺飞身避开，抬腿踹向那人的手腕。计巧墨死死地盯着允诺："你们是怎么知道此处机关的？"

"离坎梅花阵，机关门最基础的阵法之一，此处正是生门。"允诺说道。

"你是哪一支？师父是谁？"计墨巧问道。

"家师道号华盖。"允诺说道，"孙墨巧是何时去世的？你为何会与控鹤使扯上关系？"

计墨巧感慨道："原来是华盖老神仙的女徒弟。时光荏苒，时代变迁，一晃你都这么大了。早知你有如此慧根，当初就应该让师父将你留在机关门中。"

第四章 河神咒

"别转移话题,你为何会与控鹤使扯上关系?河神咒究竟是什么东西?解药在哪?"允诺问道。

计墨巧咧嘴一笑:"你们的问题我都可以回答,但不是现在。想要解药,可以,用红油宝药的秘方来换。"

"你和计郎中是一伙的?"晏河洛脸色陡变。

计墨巧点头:"没错,我也姓计,但你们不要用五郎来威胁我,我并不在乎那个医馆。你只要交出红油宝药的配方,我就把解药给你。"

"墨脉的巧工,你这样说,那我就只能得罪了。"允诺挥动袍袖,寒光出鞘,直奔计墨巧而去。

计墨巧冷哼一声:"就凭你们俩,还敢跟我伸爪子?"

刀光伴随着剑寒,两人打了起来。计墨巧自知不敌,连连后退,准备使用机关应对,可是晏河洛对机关也十分了解,时刻帮衬着允诺。

铛铛铛!

刀剑相碰,允诺又是一道剑光直奔计墨巧的肩膀。

计墨巧连退几步,暗中摸准机关:"来日必会百倍奉还。"

18

机关转动,一条隧道连接另一条隧道,兜兜转转,允诺与晏河洛总算离开了河神庙下的地宫。

鬼市依旧嘈杂,分不清哪个是鬼,哪个是人。

晏河洛看向前方:"你看那边!"

允诺看了过去，一队红手门的人正叉着计郎中的尸体游街。

"我还想着或许能从计郎中口中询问出计墨巧的藏身处呢，没想到，他竟已经死了！"允诺看着红手门的人走远，若不是鹤娘死在了计墨巧的手中，她都觉得，这是红手门在杀人灭口。

晏河洛怔了许久，心里说不出的滋味，一时还无法接受身边的熟人是恶人的现实。这一刻，少年信奉的人心本善一点点地崩塌。

"允诺姑娘？晏公子？"一张熟悉的面孔打破了片刻的思考。允诺一回头，惊讶地看着拎着香盒的女子："香儿？"

香儿熟练地打开香盒，取出香囊放在街边的桌案上。

晏河洛走了过去："香儿姑娘，你怎么在这里？"

"红手门与河神庙斗得厉害，你们还是不要靠得太近，以免被他们波及。"香儿姑娘不时看向四周，担忧地说道。

允诺点头："你不怕吗？"

"我也是没有办法，家里弟弟小，姐姐的身体又不好，只能想尽办法补贴家用。"香儿叹了口气，"今晚一个香囊也没有卖出去。"

"嗯，我买。这个、这个，还有这些都给我装上。"晏河洛掏出铜钱。

香儿赶忙推辞道："太多了，这些香囊不值钱。"

"拿着吧，早点回去，这里不安全。"允诺将铜钱放在香儿手里，"不到万不得已，以后不要来了。"

"多谢二位。"香儿感动地跪下行礼，等她抬头时，面前已经空无一人，"好人，真是好人啊。"香儿顾不上香盒，坚定地奔向

第四章　河神咒

暗影下的通道。

晏河洛和允诺回到了旧屋，一位老者正在绘声绘色地讲着红手门大战河神庙的事。

"鹤娘的尸体被找到时，肠子都流出来了，那叫一个惨啊。我在河神庙的门口数过，进去的那群人啊，只有三个活着。一个是河神爷，另外两个是雌雄双煞。"老者说着说着，觉得气氛不对，他指着晏河洛和允诺，大声惊呼，"快跑啊，雌雄双煞来了。"

此时，摆渡人不在，大家四散奔逃。晏河洛出手拦下老者，谁知老头敏捷地挥起拐杖砸了过来。

晏河洛一转身，甩出一根绳子。眨眼的工夫，老者便束手就擒："饶命，饶命啊。"

"刚刚那些话是谁让你说的？"晏河洛拔出匕首，故意摩擦两下。

老者浑身颤抖地说道："有位将军给了我一串铜钱。"

"是金吾卫。"允诺小声说道，"是金吾卫的暗卫。"

晏河洛手臂一抖收回绳子，老者靠在墙上不敢乱动。

"走。"晏河洛和允诺走入隧道，消失不见。

没一会儿，摆渡人和一对金吾卫赶来。老者长出了一口气："是晏县丞的公子，他是雌雄双煞的雄煞，河神庙只有雌雄双煞和河神爷没有死。"

"都死了。"晏府内，晏河洛一五一十地讲述着鬼市的见闻。

"死了？"晏长水放下手中的茶盏，"你亲眼看到计郎中的尸体？"

"是的。"允诺点头,"计墨巧承认,他和计郎中有些关系。这足以证明,计郎中是在用河神咒敛财。"

"是啊,爹爹。河神咒不是诅咒,是控鹤使的毒药——血雾香。洛邑城中毒之人,都是计郎中所害。如今,他已被红手门的人杀死,解药在一个名为计墨巧的人手中。计墨巧是机关门墨脉的巧工,他要咱们拿出红油宝药的秘方来换取解药。"晏河洛仔细地说道。

晏长水叹了口气,说道:"红油宝药的秘方,我已经让人去送驾庄询问了,孙掌柜也不清楚。家里传下来的只有那一盒红油宝药,并没有秘方。"

"嗯,我再过去一趟。"允诺深思地说道。

"也好。"晏长水点头,"我让不良人配合允诺姑娘。"

"咳咳咳!"两位先生的咳声伴随着晨曦的微光充盈着灰暗的大堂。生与死的赛跑开始了。

"玉兔、玉兔、咳咳咳……"杜子美指向卧房。那只从送驾庄带回来的玉兔一直在太白先生的卧房,或许带玉兔重回故地,会有意外的收获。

"我去拿。"晏河洛快步走了出去。有时,太过自信会直接导致细节上的低级错误,晏河洛真切地感受到了。

他以为兔子是极为温顺的、最好欺负的动物,却忘记了上古的狰狰,外表弱小,却凶猛。他刚刚打开笼子,玉兔就跑了出来。他不以为意,抓只兔子还不容易?

谁知道,玉兔跑得极快,还没追出去,就已经不见踪影。

"玉兔,玉兔……"晏河洛狼狈地在后面追。

第四章　河神咒

"公子，公子，兔子出府了。"管家老仆气喘吁吁地说，"我派家丁去追了。"

"我也去。"晏河洛着急地往外跑。

"慢些，慢些，南市的胡商也有出售玉兔的。"晏长水贴心地叮嘱。

晏河洛和允诺都追了出去，两人一兔一路疾驰。那玉兔到了外面似乎认了路，直接钻进了一处宅院的洞穴。

允诺蹲下身，在洞穴入口比了一下："这是专门为玉兔准备的。"

"走，去看看这是谁的宅子。"晏河洛拿出了不良人的腰牌。等两人转到前院，才发现这里是胡人的祆祠。

晏河洛上前敲门："有人吗？"

"谁？"祆祠的门开了一条缝，缝隙里是错愕的计墨巧。

"你们是怎么找到这的？"计墨巧握紧了刀。

晏河洛悄悄地抓了一下身后的伞，说道："原来你在这里。"

"我在这里又如何？"计墨巧根本没把眼前的少年放在眼里，他更忌惮曾经交过手的允诺姑娘。

允诺拔出锋利的宝剑，指向计墨巧："把解药交出来。"

"红油宝药的秘方带来了吗？"计墨巧并无恐惧之色。

允诺直言："我们没有秘方，如果你有心思，我可以试着帮你要些红油宝药过来。"

"你没有秘方，我怎么可能有解药？"计墨巧挥刀直奔晏河洛。他知道，想解决允诺没有那么容易，这个少年就是突破口，或许会是很好的挡箭牌。

晏河洛功夫不行，但装备齐全。小手一勾，伞上的铃铛叮当乱响，扇面上镶嵌的铜镜格外刺眼。

"啊！"计墨巧下意识地遮挡住双眼，一道寒光已经近在眼前，"手，你的手？"

计墨巧推开剑刃，拉起允诺的手臂。允诺吓了一跳，赶忙收剑后退。

"我的手？"允诺看了看自己的手，除了凸起的手腕，并无特殊之处。

计墨巧点了点头："擎天白玉柱，架海紫金梁。难怪当年师父要与华盖君动手，原来是为了你。"

"孙墨巧与师父不是好友吗？他们何时动过手？"允诺惊讶地开口。

计墨巧做出请的姿势："进来说。"晏河洛和允诺走进袄祠。

三人站在园内，计墨巧盯着允诺，问："你师父可好？"

"师父已经升仙得道。"允诺伤感地说道。

计墨巧冷笑："难怪红手门的人这么着急对我动手。"他从荷包里取出一个小瓷瓶，递了过来："这是你们要的解毒丹。"

"真的？"晏河洛疑惑地问。

"嗯。"计墨巧点头，"看你敢不敢？"

"有什么不敢的。"

"河洛！"

允诺没拦住，晏河洛已经倒出一颗，咽了下去。一阵清凉进肚，掌心的鹤红瘢痕真的消失了。

允诺喜出望外地行下叉手礼，说道："多谢巧工。"

第四章　河神咒

"你从小服用华盖君的仙丹，世上的毒药对你没有作用。"计墨巧摆了摆手，关切地问，"你师父在临终前，交代过什么？"

"师父被金吾卫和红手门控制，我回去时，已经登仙了。"允诺摇了摇头。

计墨巧皱眉："不应该，那东西应该在华盖君的手中啊。"

"师父留下了一幅画，我去看了，并无端倪。"允诺说出了画的事情。

计墨巧惊喜地问："那幅画呢？"

允诺看了眼晏河洛，缓缓地说道："在晏府。"

晏河洛开门见山地问道："巧工先生，我想问这河神咒的事情。"

"我想引几位故人相见，便将血雾香给了五郎。五郎在洛邑行医多年，醉心名利，他将血雾香传成河神咒，引来了红手门的妖女。"计墨巧咬牙切齿，满脸愤怒。

"这么说，河神咒是计郎中搞的鬼，与你无关？"晏河洛问道。

计墨巧咧嘴一笑："有关怎样，无关又怎样？五郎被红手门杀了，解药给你了，以后不会再出现河神咒了。"他抬起头，看向允诺："你们是怎么寻到这里的？"

"玉兔，我们的玉兔跑进了祆祠。"晏河洛焦急地四处张望。

计墨巧一愣，随即得意地说道："原来是那两只兔子的后代。它不是玉兔，是我专门培养出来的寻阴兔，是兔子和猞猁的后代，能寻找阴气凝聚之地。我用它来确定地宫的穴位。"

"那只兔子那么厉害？"晏河洛吃惊地闭上了嘴。

155

"你们喂它吃什么?"计墨巧问。

"嗯,青草。"晏河洛回忆着说道。

"错了,错了。"计墨巧说道,"它是吃肉的。"

"兔子吃肉?"允诺也惊讶了。

"是的。"计墨巧说道,"它的祖辈喝过我的血,记得我的气息,它是自己跑来的。"

"那墙角的洞穴?"晏河洛眼神一闪,"你以前在这里养过玉兔?"

计墨巧点了点头:"是的,地宫定穴,自然离不开它们。"

"原来如此。"允诺想了想问道,"巧工是机关门的弟子,为何会控鹤使的手段?"

计墨巧叹了口气:"我当年逃命时,被这祆祠中的老者所救,便成了他的干儿子。他是天后身边的控鹤使,血雾香就是他传授给我的。对了,我师父也留下了一幅画,不如你们将画拿来,两张画对照一下,应能参悟出其中玄机。"

第五章　凤王丹

蜀道难

【唐】李白

噫吁嚱，危乎高哉！

蜀道之难，难于上青天！

蚕丛及鱼凫，开国何茫然！

尔来四万八千岁，不与秦塞通人烟。

西当太白有鸟道，可以横绝峨眉巅。

地崩山摧壮士死，然后天梯石栈相钩连。

上有六龙回日之高标，下有冲波逆折之回川。

黄鹤之飞尚不得过，猿猱欲度愁攀援。

青泥何盘盘，百步九折萦岩峦。

扪参历井仰胁息，以手抚膺坐长叹。

问君西游何时还？畏途巉岩不可攀。

但见悲鸟号古木，雄飞雌从绕林间。

又闻子规啼夜月，愁空山。

蜀道之难，难于上青天，使人听此凋朱颜！

连峰去天不盈尺，枯松倒挂倚绝壁。

飞湍瀑流争喧豗，砯崖转石万壑雷。

其险也如此，嗟尔远道之人胡为乎来哉！

剑阁峥嵘而崔嵬，一夫当关，万夫莫开。

所守或匪亲，化为狼与豺。

朝避猛虎，夕避长蛇，磨牙吮血，杀人如麻。

锦城虽云乐，不如早还家。

蜀道之难，难于上青天，侧身西望长咨嗟！

19

祆祠外的小街冷冷清清，一眼望到了头。两个狭长的身影默默地离去，就仿佛从未来过。

同一座城，不同的世道。

南市的商铺林立，吆喝声赛过江边的号子，甚是热闹。远处，人头攒动，隐约中，高悬的布幌子忽上忽下。

晏河洛和允诺同时看清了布幌子上的"医"字。

一位身穿铠甲的金吾卫正满脸严肃地说道："今日，我奉大将军之命，查封计家医馆。计郎中妖言惑众，敛财害命，已被金吾卫就地正法。"

第五章　凤王丹

"计郎中死了？"有人小声嘀咕。要知道，计郎中在洛邑城是出了名的大善人，每月都会施药给邻里。这样的大善人，怎么成了金吾卫嘴里的恶人？

"不会是冤案吧？"有人提出质疑。

"什么冤案！"那名金吾卫说道，"河神咒就是计郎中传出来的。"

"那还用计郎中传？洛邑城谁不知道？你们不敢把河神爷怎么样，就来陷害计郎中，这种事儿你们做得还少吗？"一个身材壮硕的女人大喊道，附近街坊都认识她，她是计氏医馆对面铺子的老板娘。

金吾卫反驳道："世上哪有什么河神咒？那是当年控鹤使使用的毒药血雾香。计郎中一边给人下毒，一边妖言惑众。借求药一事，骗财骗色。"

"大人为我做主啊。"刘大娘子跑了出来，"我家大郎当初就是与那计郎中一起前往重楼饮茶，回来后便中了那河神咒。我去问计郎中，他为何没有被河神诅咒，他跟我说，是因为大郎他长得俊俏。我救大郎心切，便信了他的邪，又请道士，又请僧人……"

"大娘子，我们金吾卫已经寻到解药，为你家大郎解毒。"那名金吾卫见火候差不多了，从怀里取出一盒丹药。刘大娘子早有准备，温水喂服，刘家大郎缓缓睁开了眼睛。

金吾卫掰开他紧攥的手："你们看，鹤红色的瘢痕不见了！"

"中郎将威武！"

"金吾卫威武！"

赞誉声不绝于耳，晏河洛与允诺心情复杂地走出了人群。

"你在想什么？"晏河洛看出允诺有心事。

允诺叹了口气："计墨巧怎么办？河神咒一事，他脱不开干系。"

晏河洛目光坚定地说道："先看看他手里的那幅画。"

两人走向县衙，晏长水和两名不良人在门口等候。晏河洛将解药交给父亲，并啰嗦了好多。晏长水知道此事重大，并没有安排下人去办，而是亲自回府送药。

晏河洛和允诺想折返回去找计墨巧，那两名不良人跟了上来。晏河洛觉得两人面生，问道："刘头呢？"

"公子，河神咒的案子被金吾卫破了，中郎将带着计郎中的尸体来县衙炫耀。县丞大人说，河神咒的案子有疑点，还没结案。但县令大人不相信，不允许爹爹办案，爹爹便安排我和张春给你帮忙。"说话的不良人是刘头的儿子——刘夏，另一个叫张春。

少年之间有着不可说的默契，晏河洛点了点头："好，让他们看看咱们的本事。"

四人直奔祆祠。

刚转过巷子，晏河洛用力闻了闻，感觉不太对劲。

"我去叩门。"允诺警觉地想去叩门环，手在空中轻晃了一下，门板"咣当"一声倒在地上，"我没用力。"

允诺有些发蒙，晏河洛瞳孔一缩，瞄着地上的门板，说道："有人来过。"

"这边有血迹。"刘夏指着地上的一摊血迹。

第五章　凤王丹

允诺疾步向前："去大殿。"

四人顺着石板路一路前行，大殿内空无一人，神龛里的火烛已经熄灭，烹茶的火炉散落一地。

"来的那个人，是计墨巧的熟人，看样子，他们是在饮茶时打起来的。"晏河洛摸了摸微热的炭火。

允诺侧目摇头："计墨巧武艺高强，没那么容易被杀。"

"这里也有血迹。"张春指着地上的血迹。四人循着血迹一路向前，来到袄祠的后院。

"这是柴房。"刘夏指向左右两边的屋子，"那边是厨房。"

"允诺，这里有洞。"晏河洛发现墙角有多个洞口。

"看来，这里也有地宫。"允诺首先进了厨房。四人将柜子、水缸、灶台全都挪开了，也没有发现地宫入口。

张春喘着粗气，指着一旁的柴房，说道："会不会在柴房？"

"走。"允诺和晏河洛对视一眼，计墨巧肯定是凶多吉少了。

柴房不大，木柴堆得满满当当，根本找不到下脚的地方。四人搬了好一会儿，才走了进去。可是，依旧毫无线索。情急之下，晏河洛跳上了房梁。他这才发现，房梁实在太过结实。

简陋的柴房为何有如此粗壮的房梁？

晏河洛刚想去摸，房梁咔的一声断了。柴房的尖顶垮塌成了平顶，地面随之塌陷，随即出现了地宫的入口。

"在这里！"刘夏惊喜地喊道。

"小心！"允诺纵身，抓住刘夏的手臂。四人探头看过，地宫深处满是锋利的木刺。

允诺表情严肃地说道："我走前面，你们跟着。"

"好!"晏河洛谨慎地点头。

四人走下地宫,长长的隧道看似很长,实则很短,犹如蜂巢,到处是洞穴。

"兔子。"刘夏惊讶地指着从洞穴里跑出来的兔子。兔子的眼睛泛着莹莹的光。

"小心这些兔子,它们是食肉的。"晏河洛大声提醒。

兔子越聚越多,逼近四人。晏河洛将身后的铁网甩了出去,兔子一哄而散。这时,四人才发现兔子聚集的地方是一座莲台。莲台之上是一座水晶棺,棺内有一女子,头戴金钗,手有玉镯,还有一幅画。

"这就是计墨巧说的那幅画。"允诺深吸了一口气。

晏河洛跑了过去:"我去取。"

"小心,兔……"允诺的话没说完,洞穴里跑出无数只兔子,宛如箭矢一般冲了出来。

晏河洛已经来不及甩网攻击,只能打开伞躲避。四人躲在伞里,节节后退。

"兔子实在太多了。"刘夏着急地说道。

晏河洛转动伞柄,伞面又大了一圈。

"将伞推过去,我去取画。"允诺目光坚定地说道。

"好。"晏河洛又转了转伞柄,伞骨的缝隙中飞出小转轮,兔子倒了一批。允诺借着空当,腾空而起。棺中的女子竟然和画中人一模一样。

"取到了。"允诺飞奔回伞内,莲台处却发出"咯吱咯吱"的声音,仿佛变成了一台转动的石磨,兔子们像绞肉馅一般被绞了

第五章　凤王丹

进去。晏河洛、允诺、刘夏、张春四人以拔萝卜的姿势抓着伞柄。

"怎么办？"允诺大喊。

"找出路。"晏河洛表情严肃地盯着周围的环境，经历过师父和先生们的调教，少年越发沉稳。他发现来时的隧道已经关闭，出现了一条新的隧道。

新旧不同途，必须闯一闯。

"抓紧。"晏河洛大喊，身后的三人各自抓紧前面的人。

一队少年从天而降，宛如展翅的大鹏鸟。

面对未知，少年们毫无畏惧。

这条隧道特别长，走了快一个时辰才到尽头。尽头并没有门，而是一具几乎腐烂的木棺。木棺没有底板，可以清晰地看到棺壁外的黏土。

"这是一座坟。"刘夏说道。

"应该是在城外的乱葬岗。"晏河洛推了几下，找到了出口。

"诈尸了！"几个披麻戴孝的人惊慌逃窜，还未燃尽的纸钱漫天飞散。

"我们不是鬼。"刘夏越喊，他们跑得越快。

晏河洛拿起一旁的树枝，敲打着冒烟的纸钱："太大意了，这么干燥的天，走水怎么办？"

20

今夜的晏府格外安静，恢复健康的太白先生和杜子美正在对比两幅画。晏长水的脸色不太好,略显疲惫。

晏河洛和允诺带回来的第二幅画实在是过于诡异。画中的女子抓着狰狞的虫子。那虫子张着嘴,似乎要吞噬天空的星辰。

"这女人是谁?"晏长水皱了皱眉,在他的印象之中,还真没见过这个女人。

杜子美点头说道:"据说,此女与镇国太平公主关系匪浅。镇国太平公主被赐死后,此女被囚禁在送驾庄的别院之中。"

"公主之后?"晏长水咽了咽口水,看向窗外,"这种话,不能乱说啊。"

"送驾庄的人都知道,还有人看到过。后来,传出了鬼公主的事儿。"晏河洛说道。

晏长水盯着画看了许久,摇了摇头:"我可以去县衙查看一下卷宗。"

"卷宗不会在县衙,镇国太平公主的事毕竟是皇家事。"晏河洛嘟囔了一句。

晏长水皱着眉,说道:"先生们,不惧?"

太白先生笑道:"剑阁峥嵘而崔嵬,一夫当关,万夫莫开。"

杜子美点头:"我与兄长同行。"

"好气魄!"晏长水称赞道,"是我等凡夫俗子贪嗔痴罢了。"

太白先生疑惑地问道:"这条虫子是什么?"

"洛邑城没有这样的虫子。"晏长水笃定道。

"看来,此事还需从长计议。"允诺缓缓地收起两幅画。

这时,老管家恭敬地走了进来:"一个叫香儿的姑娘要见允诺姑娘。"

第五章　凤王丹

"香儿姑娘？"允诺出门迎客。

晏河洛转动眼睛，说道："香儿姑娘经常去鬼市，不如让她瞧瞧。"

"也好。"杜子美微微点头。

不一会儿，允诺带着香儿走进正堂。

"老家的亲戚随商队来了洛邑城，给我带了些香茶。香儿给允诺和县丞大人、先生们送些过来。"香儿将包裹打开，里面是特制小木盒，浓郁的茶香顿时飘了出来。

晏长水享受地闻了闻，说道："好茶。"

允诺打开了那幅画，问道："香儿姑娘，此画是我的一位朋友所留。你可知，这画上的女人是谁？"

"我不知道。不过，香儿觉得，她应该是个胡人。"香儿说道。

晏河洛开口问："为何是胡人？"

"先生看她手中之物，叫作吞星郎巾，乃是胡人的圣虫，只有古蛹才能孵化。"香儿指着虫子说道。

允诺赶忙询问："香儿姑娘可知何处有吞星郎巾？"

"几年前我曾在鬼市听过。吞星郎巾是传说中的圣虫，我没见过。"香儿·五·十地说道。

"多谢姑娘。"晏长水客套几句。香儿甚为识趣，寒暄谢语，离开晏府。

晏河洛一直暗自琢磨着："是不是先寻一只郎巾回来？"

杜子美点头："明日，去南市转转。"

"嗯，南市胡商多，两位先生大病初愈，不如多养两天。"晏长水规劝道。

晏河洛赞同地说道："师父，你和太白先生好好休养，郎巾的事情交给我们。"

"也好，明日，我与贤弟去照顾下香儿姑娘的生意。"太白先生对香儿烹煮的茶水很是怀念。

允诺开了口："我想到师父经常说的一句话——吞星见月。"

"吞星？"晏河洛眼睛一亮，"我觉得，和月圆之夜有关系。"

"那就先问问郎巾。"允诺满脸自信地笑了。

南市是洛邑城三大市集之一，因其在洛水之南而得名，占据四坊之地。

风尘仆仆的商人穿行沙漠而来，商品琳琅满目，密布的商铺更是足有三四千家之多。

其中一条街尤为出名，名为胡人街，每天都有胡人商队抵达，非常热闹。

晏河洛不是第一次来胡人街了，他走遍了所有商铺，一个卖虫子的都没有，更不要提古蛹了。

"你说的吞星郎巾，我听都没听说过，我们胡人没有圣虫。"一位络腮胡的老板老罗对晏河洛解释。晏河洛、允诺空手而归。

世上的事总是如此，希望越大，越易落空，轻松上阵，反倒有收获。晏河洛、允诺在南市没有买到郎巾，两位先生在重楼喝茶，却喝出了些名堂。

香儿讲了一些关于吞星郎巾的趣事，包括古蛹怎么孵化，如何饲养。若不是香儿说得头头是道，大家都认为吞星郎巾根本就不存在。

第五章　凤王丹

晏长水查阅了古籍，郎巾的确是一种虫子，据说有明辨是非之能，上古的巫师用郎巾进行断案。

晏河洛打算去南市再碰碰运气，他刚踏进胡人街，那位络腮胡的胡人老板老罗迎了上来："公子。"

"老罗。"晏河洛认出了他，"找到郎巾了？"

老罗笑道："找到了。"

"在哪儿？"晏河洛的双眼冒出了金光。

老罗拍过晏河洛的肩膀："别高兴得太早，有些难缠。"

"难缠，有多难缠？"晏河洛挑了挑眉。

老罗咧嘴一笑："去看看就知道了。"

晏河洛跟着老罗来到一个不起眼的摊位前，摊位不大，都是香料、草药、皮毛等一些西域商品，并没有所谓的郎巾。

老罗上前说了几句，看摊的壮汉摆手，说道："圣虫不卖。"

"麻烦通禀仡濮长老，就说洛邑城县丞之子求见。"老罗指着身边的晏河洛。

看摊的壮汉一愣，与身边的族人对视一眼后，点了点头："等着。"

没一会儿，一个老翁拄着拐杖走了过来，笑道："原来是晏公子要买郎巾。"

"叨扰了。"晏河洛行下叉手礼。

仡濮长老严肃地说道："按理说，少爷来买，我是该卖的。但是郎巾乃吾族圣虫，外族人连看一眼都不行，这个……"

"那借呢？"晏河洛追问。

"这个嘛，"仡濮长老说道，"也可以，但是我有一个条件。"

晏河洛立刻应答："说吧，有什么条件？"

"圣虫，我这里只有一只。它已认主，无法借给少爷。我那帐中，还有一枚古蛹，时机成熟也可以孵化出圣虫。"仡濮长老舒展掌心，一只小虫拱了出来。仡濮长老从罐子里剜了一块腐肉，扔给小虫，那小虫张开长满牙齿的嘴直接吞了进去，随即在掌心扭动着身体，那两只眼睛一睁一闭格外诡异。

"这是郎巾？"晏河洛皱了皱眉头。眼前这只太小了，图中的郎巾足有手臂大小呢。

"它只吃腐肉。"仡濮长老解释道。

"这圣虫，是幼虫吗？它还没长大吗？"晏河洛看向仡濮长老。

仡濮长老表情严肃地说道："据我族传说，只有龙凤青血才能让圣虫长大。"

"那龙凤青血从何而来？"晏河洛又问。

仡濮长老摇了摇头："这就不知道了，对了，我七天后离开洛邑。"

晏河洛有些着急，说道："虫蛹可以留给我吗？"

"虫蛹只追随有缘人。"仡濮长老拄着拐杖缓缓地走了。

晏河洛谢过老罗，赶着回府，却迎面遇到找他的允诺。远处，仡濮长老突然摔倒在地。

晏河洛、允诺跑过去。

"您还好吧？"允诺低沉地问道。

"圣虫，圣虫。"鲜血顺着仡濮长老的双掌纹路流到地上。仡濮长老痛苦地从怀里掏出一个小陶罐："这古蛹可以孵出郎巾，

第五章　凤王丹

快拿走，快拿走。"

"怎么回事？"晏河洛不解地问。

"有缘人来了，圣虫嗜血。"仡濮长老握紧双拳，表情痛苦地说道，"孵化古蛹要注意三点。第一，古蛹不能离开陶罐；第二，放入的草药要谨慎，必须喂食腐肉；第三，必须由她来孵化。"

仡濮长老颤抖地指着允诺。

21

"呼呼呼！"陶罐里发出声响，晏河洛和允诺惊喜地走过去。

"出壳了，出壳了。"晏河洛大声说道。

"嘘……"允诺的手指比在唇上，"别吓到它。"

"嗯。"晏河洛捂住了嘴。陶罐内的虫蛹里拱出一只小小的虫儿，歪歪愣愣地蠕动着。

"让先生们瞧瞧。"允诺端起陶罐走向正堂。

晏长水正陪着两位先生饮茶，三人满是惊喜。

"晏县丞可有龙凤青血的消息？"杜子美问道。

晏长水摇了摇头："我请教过几位博学之士，他们都没有听过。"

"嗯，也罢，先把它喂养大再说。"允诺盯着肥硕的虫儿。

忽然，刘夏跑了进来："爹爹让我过来报信，金吾卫去了送驾庄。"

"这……"晏长水沉思片刻，金吾卫是皇家侍卫，他只是小小的县丞。杜子美深知他的顾虑，说道："不如等消息。"

"也好！"晏长水点头，"有消息，随时禀告于我。"

"是。"刘夏兴奋地往外跑。晏河洛拉住他，拿出一把匕首："关键的时候，可以用它。"

"太好了。"刘夏收下匕首，满脸刚毅地走了出去。

正堂安静下来，太白先生兴起了童心："不如喂喂它。"

晏河洛取来了腐肉，允诺小心翼翼地切下一小块，放进陶罐。小郎巾张开小嘴，直接吞了进去。那只辨别是非的眼睛一眨一眨的，很是诡异。

"仡濮长老说，它能断案，你们说，它是用什么断案的呢？"晏长水盯着郎巾。

晏河洛好奇地说道："试试便知。允诺，你问问，我将铜镜放在哪只手中了。"

允诺愣了下，说道："我不知道应该怎么问。"

"你是有缘人，直接问即可。"晏河洛说道。

允诺清了清嗓子，说道："告诉我，铜镜在他的哪只手里。"

只见陶罐里的小郎巾左摇右晃，那只长在身体中央的眼睛不停地眨动，一片寂静之后，它忽然停止了摇晃，眼睛竖了起来。

"这个方向是？右。"允诺看向晏河洛。

晏河洛愕然地张开右手，拿出小铜镜。

"真是神奇。"晏长水在一旁感叹道。

允诺又切了一块腐肉，投喂过去："真乖。"

小郎巾似乎听懂了，它张开嘴，欢快地扭动了起来。

"嗯，郎巾会不会知道龙凤青血在哪里？"晏河洛的鬼点子很多。

第五章　凤王丹

太白先生沉默地点了点头。

允诺直接问道："什么地方可以寻到龙凤青血？"

小郎巾的身体一颤，大眼睛瞬间竖立，身体也剧烈颤动，它变成了一个小陀螺，快速地旋转，陶罐飞了起来。

允诺不知所措地去捉，根本无法触及。

一刻钟后，郎巾不动了，安静地落了下来，头对着允诺，尾巴垂了下去。

晏河洛迟疑地挠头："这是什么意思？"

"允诺？"晏长水惊讶地看向允诺。

允诺摇了摇头："我怎么可能是龙凤青血，听名字就知道，肯定是神兽之血啊。"

"非也，非也。"晏长水解释道，"圣人为龙，娘娘为凤，龙凤青血，应指的是皇家血脉。"

"啊？！"正堂内陷入深海般的沉思。

允诺的脸色很差，她拿起宝剑，划破手指，一滴殷红的鲜血滴落陶罐。小郎巾贪婪地吸吮着，并没有任何反常之处。

所有人都长出了一口气。

"允诺，你的手臂？"杜子美发现允诺的手臂又多了一个凸起的小包。

"嗯，香儿的茶真的很好。"允诺微笑地说道。

这时，一直盯着陶罐的晏河洛瞪着大眼睛，说道："啊，你们看……"郎巾喝了血，竟然结茧了。虫茧快将陶罐撑开了。

龙凤青血……所有人都沉默了。

又过了几日，郎巾已经脱离陶罐，成为允诺的宠物。它的胃

171

口也越来越大,吸吮的血量越来越多。允诺的脸色很差,手腕上的伤口久久不能愈合。晏河洛看在眼里,急在心里,终于逮到机会,带允诺去看大夫。

"李神医出身赵郡李氏,师承白山药王。他的师兄针药双绝,最擅长治疗疑难杂症。"晏河洛停在了一家医馆的门口。

允诺抬头,看向上面的牌匾"养生堂"。

"李神医认为,大医防病,小医治病。他经常传授百姓怎么饮食,怎么锻炼,不到迫不得已之时,很少给病人用药。你看——"晏河洛指着医馆内熙攘的人群。

坐堂的是一位长须老者,他说上几句,便要喝一口茶,面色红润,两眼有神。

"李神医已经去请他的师兄了。"晏河洛贴心地说道。

就在两人准备进去的时候,张春、刘夏带着一队不良人赶了过来。

"陆家秤行的陆老板死了。"张春指着医馆旁的陆家秤行。

允诺想了想,说道:"走,一起去看看。"

陆家秤行的人不多,是洛邑城出名的老店。陆掌柜今年五十多岁,死在店铺后院的作坊里。作坊里只有两人,一个是跟随陆掌柜学习制秤的伙计,一个是给陆掌柜打下手的秤匠。

张春、刘夏带着不良人去勘验现场,晏河洛和允诺对秤行的一幅字起了兴趣。

允诺念道:"权之为义,取类权衡,衡者秤也。"

晏河洛四岁开蒙,自然是懂的。他解释道:"秤以星斗为斤,对应北斗七星与南斗六星,定盘三星代表福禄寿。操秤者,如唯

第五章　凤王丹

利是图，缺斤短两，苍天明鉴，必遭天谴，折其福、禄、寿。"

"这位公子是懂秤之人。干我们这行，入学拜师时，必先焚香叩首，歃血盟誓。一生不行昧心秤，不挣昧心钱，违之人神共愤、雷打火烧，不得善终！"身材壮硕的匠人行下叉手礼。

晏河洛回礼后，径直问道："陆老板遇害时，你在哪里？"

匠人指着一个小伙计，说道："老板在院里教小林使用旋床，我在里屋给秤杆镶星。我听到惨叫声跑出来，老板死在旋床之上，小林站在旋床旁边。"匠人指向一个和晏河洛年纪相仿的少年，少年有些瘦弱，显然是吓坏了。

"别怕。"晏河洛说道。

小林抹过眼泪，大骂："你胡说，明明是你杀了师父。"

"是你！"匠人凶狠地反驳道。

"这就有趣了。"晏河洛眼色一转，问道，"小林，你说他是凶手，可有证据？"

小林带着哭腔道："师父待我如子，已答应将芸娘许配给我，我将入赘陆家，我有何理由杀他？是他，是他杀了师父。他来师父家，是为了师父家的传家之宝——金秤杆。"

"你怎么知道陆家有金秤杆？"刘复带着哭泣的陆夫人走了过来。

陆夫人颤抖地打开供奉财神的神龛，双腿一软，直接坐在地上："列祖列宗啊，传家宝丢了，这可如何是好，如何是好啊。"

张春抽出刀，指向匠人问道："你还有何话可说？"

匠人伸出手，从怀里拿出一个金秤砣道："陆家秤行，传自鲁家。鲁家有秤砣，陆家有秤杆。金秤杆本就是我鲁家之物，我若想要，直接开口便是。何必伤陆师兄性命？"

"你是鲁家人？"陆夫人攥紧绢帕。

晏河洛看向陆夫人，问："您知鲁家之事？"

"鲁家的事情我知道一些。陆家是鲁家的一个分支，当年逃难时一分为二。"陆夫人点了点头。

"这……"晏河洛想了想，允诺拿出郎巾，小声嘀咕了几句。

郎巾身子一僵，指向了低着头的小林。

晏河洛率先一步，抓住他的手，质问："为什么要杀你的师父？"

小林颤抖地咆哮："我只是输了些钱，他就要解除我和芸娘的婚约。他如果看在师徒的情分上给我些钱，他就不会死！"

"金秤杆在哪儿？"匠人上前一步。

小林冷笑道："我就知道，你混入秤行，也没安好心，想要金秤杆，做梦去吧。"

"梨木金星，陆家的传家宝，你藏在哪里？"晏河洛追问。

"金秤杆不是我藏起来的，是师父藏起来的。师父早就发现他有问题。我去赌坊，也是为了跟踪他。是他害了我，害了师父。"小林捂脸痛哭。

晏河洛内心盘算着整件事情，的确像有人故意设局。他看向匠人，问道："你为何要去赌场？"

"秤上有星，色子上也有星。我去那天，是掌柜接了制作色子的活儿。掌柜觉得他年纪小，怕他染上赌瘾，没让他去。没想到他偷偷跟去，沾染了赌瘾。"匠人伸手去抓小林，一支金秤杆掉了出来，金光闪闪的秤星很是耀眼。

小林大喊："我的，那是我的。"

"闭嘴。"张春与刘夏一人一边，按住了他。

突然，秤杆上闪耀的秤星活了起来，飞向了允诺。允诺正奇怪着，郎巾张开了大嘴，将秤星吞噬得干干净净。

它吞到一颗，身上就长出一只眼睛，转眼间，已经长满密密麻麻的眼。此时的小郎巾与袄祠画中一模一样。

"邪虫。"匠人大怒地夺过秤杆，刺向郎巾。允诺阻拦晚了，溅了一身青色的血液。

"那些星辰不是金子，那是镇压魑魅魍魉的仙印。现在让我杀了这邪虫还来得及。若是不杀，定会引起大祸。"匠人开口解释。

允诺护住郎巾："师傅少安毋躁，待我等办了大事再说。"

匠人冷哼一声："噬印之虫，邪恶至极。办什么大事？"

"送驾庄。"允诺说出三个字。

匠人脸色惊变，缓缓地放下手中的秤杆。

这时，一个不良人跑了进来："晏公子，李神医说，你找的人到了。"

22

养生堂内的李神医差点倒在地上。晏河洛及时扶住他："小心。"

允诺将郎巾放回竹笼，问道："能帮它治一治眼睛吗？"

"这、这是邪虫！"李神医上气不接下气地说。

175

"什么邪虫？"一位年轻俊美的布衣男子缓步而来。

李神医赶忙相迎："师兄。"

"师兄？"晏河洛和允诺惊讶地看着眼前一老一少，辈分是不是有点乱？

"哈哈……"布衣男子笑了起来。

李神医羞愧地说道："师兄医术高明，尤其擅长驻颜术。"

"那岂不是长生不老？"晏河洛来了兴致。

"凤王丹？"允诺挑起凤眉。

"非也非也。"布衣男子摇头，"我只修颜，不修仙。"

"哦！"晏河洛有些小失望。

布衣男子问道："可否让我看看邪虫？"允诺放出郎巾。

布衣男子神色一凛："这是吞星郎巾，这种邪虫怎么会有人饲养？"

晏河洛解释说道："郎巾可以断案。"

"有得必有失，万物分阴阳。它帮你们破了案子，自然也让你们失去了一些东西。"布衣男子的目光落到了允诺的手腕处，"此伤之所以不愈合，便是因为这只郎巾。若治此伤，只有两个办法。"

"什么办法？"晏河洛追问。

布衣男子指着郎巾，说道："杀了它。此事因它而起，自然也要因它而终结。"

"不成。"允诺摇头，画中的秘密未解，不能杀。

布衣男子叹气："你们不想杀，那就只能用第二种办法。洛邑城外的送驾庄，有一种佛花名为梵花。梵花有轮回之能，它可

第五章　凤王丹

以治疗你手腕之处的伤痕。"

"梵花？我知道了，别院那棵树就是生长梵花的佛树。"晏河洛兴奋地看向允诺。

或许吞星郎巾听到了什么，身体开始颤抖，密集的眼睛快速地眨动着，充满了恐惧。

允诺行叉手礼道："多谢两位神医。"

布衣男子又劝慰道："我劝姑娘听老夫一言，斩杀此虫。那佛树梵花镇妖邪，也非善类。"

"多谢神医提醒。我还有一事不明，它为何不食腐肉了？是不是与坏了一只眼睛有关？"允诺指着郎巾受伤的眼睛。

布衣男子摇头："我也不清楚。我只知，你不杀它，它是不会死的。"

"不死？"晏河洛喃喃自语。

"多谢神医。"允诺再次行礼，与晏河洛走出养生堂。

两人回到晏府，将一切告知两位先生。

"一切都太过巧合。"杜子美低声说道。

太白先生赞同地点头："不如，我们再走一趟送驾庄。"

"好。"允诺提着郎巾的笼子回到自己的卧房。

夜，静得可怕。允诺听到呼呼的风声，风声中夹杂着沉沉的鼓声。不对，有人！

允诺拔出宝剑。蒙面黑衣人正手持匕首刺向郎巾。

那不是鼓声，是郎巾的尾巴不停敲击的声音。

允诺直刺黑衣人的肩膀，黑衣人用匕首去抵挡。允诺显然不是他的对手，黑衣人却不恋战，转身离去。

177

两人的打斗声引来了晏河洛和护院。晏河洛去追，被允诺拦下。

"好大的胆子。"晏河洛咬着牙根。

允诺说道："不必追了，是陆家秤行的工匠。"

"你怎么知道？"晏河洛吃惊地问。

"他只想杀它。"允诺看向扭动身体的邪虫。

晏河洛木然地抿着唇，不再说话。

翌日，天亮。洛邑城的城门一开，一辆马车飞奔出城，直奔送驾庄。这一次，赶车的把式是晏府的公子——晏河洛。

"或许鲁匠人也会去送驾庄。"杜子美收起铜镜。

太白先生点头道："晏县丞已经暗下部署，不良人会随我们一同前往。"

"希望我们不虚此行。"允诺盯着盖着粗布的笼子，喃喃地说道。

"驾……"赶车的晏河洛甩起鞭子。天黑之前，马车停在了孙家客栈的门口。

客栈的伙计看到晏河洛，哭丧着脸说道："公子，我们家掌柜的失踪了。"

"什么时候的事？"晏河洛脸色大变。自从送驾庄一别，他和孙头一直有书信来往，前几天还收到了孙头的信，怎么会失踪呢？

伙计低声道："掌柜的是昨晚失踪的。他说，梦到了鬼公主。"

"走，去别院。"晏河洛走在前面，允诺提着竹笼照顾两位先生，跟在后面。

第五章　凤王丹

别院的大门一如从前，院内的老树枝条繁茂，浓郁的草木气息格外扑鼻。晏河洛指着枝条上点缀的小花："这是梵花？"

"试一试就知道了。"允诺将梵花敷在伤口处，"啊！"

一阵灼热的剧痛从血肉间传来，伤口不仅没有恢复，反而更深，几乎入骨。

"啊！"允诺快要承受不住，痛不欲生之时，她拔出了宝剑。

"不可，不可。"晏河洛拦着她，允诺痛苦地挣扎着。

"师父，先生，快想想办法。"晏河洛大喊。两位先生束手无策。

这时，允诺突然安静下来，那种焚烧之痛转而变成了禁锢，一种极致的紧绷。

"啊！"允诺端起手臂，伤口处竟然出现了一个青色的手镯。

晏河洛倒吸一口冷气，说道："这和石雕一模一样，不会是你吧？"

允诺用力甩了甩，手镯仿佛长在了手腕上。

杜子美想了想，说道："不如试一试。"

"嗯。"晏河洛对比着石雕和允诺，"玉镯，金钗，你都有。你的金钗多了个香囊。"

允诺做出画中的姿势，如出一辙。

"郎巾。"晏河洛提醒，"不好，回客栈。"

自从郎巾受伤，便不再进食，不动，仿佛是个死物。

四人匆忙回到孙家客栈，小伙计在客堂打扫，一老者满脸愁容地坐在柜台里。

晏河洛和允诺去看郎巾，竹笼里发出腐烂的味道。晏河洛和允诺是捂住口鼻出来的。

"你们去鬼宅了?"老掌柜正在和两位先生交谈,"糊涂啊,你们现在看到的,不是真的,到了晚上,那里就是森罗地狱。你们不能去啊!赶快走,还为时不晚。"他的眼神中满是对死亡的恐惧。

"孙翁,孙头失踪前,有没有留下什么话?"晏河洛问道。

老掌柜的身体一颤,昏了过去。杜子美和允诺费了好一阵的工夫,老掌柜醒了过来。他叹气道:"既然你一心要去,那就把这条邪虫留下吧。"

"它是破局的关键。"晏河洛拒绝道。

老掌柜摇了摇头:"既然如此,我也不劝了。"他缓缓站了起来,颤抖地走了出去:"生死有命,生死有命!"

杜子美给晏河洛、允诺使了个眼色,两人跟了出去。

那老掌柜走到后院,从后门而出,穿过两条街,停在了一处茅草房前,走了进去。

两人偷偷看去,屋里倒挂着密密麻麻的死兔子。

"我去问问他。"晏河洛想进去,屋内传出一阵剧烈的咳嗽。

"啊……"一支锋利的箭矢刺穿老掌柜的身体。

"小心!"允诺将晏河洛挡在身后,"走。"

两人原路返回客栈,夜色中飞来两支箭矢,小伙计应声倒地。

晏河洛表情严肃地说道:"是金吾卫。"

"金吾卫和红手门是一伙的,他们在杀人灭口。"允诺分析道。

"看来,有人在销毁证据,隐藏秘密。"晏河洛愤怒地攥紧了拳头。

23

圆月寄托着世上所有的美好,若不是腐烂的恶臭味道,晏河洛也想学着两位先生的样子,吟诵关于月的诗句了。

别院内一如往常,不知是心理作用,还是真实存在,总觉得荒草中的洞穴少了许多。

允诺晃了晃竹笼,郎巾忽然睁开了所有的眼睛。

允诺一只手拎着竹笼,一只手抚着石像。瞬间,石像的眼睛与青色手镯同时亮了起来。

晏河洛面带喜色,一支冷箭直面扑来。

"铛!"晏河洛挡下箭矢,和允诺一起躲在石像之后。

"哈哈……"暗处,一团团黑影浮现。

"两位别来无恙。"计墨巧站了出来。

对手现身,自然不必再躲。

"原来是你。"允诺站了出来。

"没错,就是我。"计墨巧挥动手臂,红手门和金吾卫同时现身。

"你们想做什么?"晏河洛大声问道。

"晏河洛,看在晏县丞的面子上,放你一条生路,打开这里的地宫。"一名金吾卫喊道。

晏河洛沉稳地问道:"你们大费周章,引我们来,就是为了打开地宫？不是有他吗？"

计墨巧微笑道："就是因为有我，才能找到地宫入口。而她……"允诺身子一顿。

计墨巧冷笑道："她就是铜钥。"

"地宫内有什么？"允诺追问。

"你们真的不清楚？"计墨巧翘起嘴角，"二十年前，华盖君炼成凤王丹，他自知与凤王丹有缘无分，便将凤王丹藏了起来。万物，以九为尊。红手门的圣女共有九人，名为九凤；华盖君的地宫与之相同，共有九座。你可知画的含义？"

"你少些废话，快些动手。再不动手，又要等一个月了。"金吾卫的态度一向强硬。

晏河洛抽出横刀抵挡过去，随后甩出爆竹——啪！

烟花信号和竹笼碎裂的声音同时响起，红手门的凤女直奔竹笼之中的郎巾。

一根秤杆挡在竹笼前。

鲁师傅一身金甲，手持金秤杆，站在人前："郎巾不能死。"

晏河洛、允诺都蒙了，怎么回事？他不是想杀郎巾吗？

"鲁星耀，又是你这个祸害。"凤女见到鲁师傅，整张脸都狰狞了起来。

鲁星耀冷笑着道："想杀郎巾，先过我这一关。七凤，多少年没见了，你这功夫，一点也没有见长啊。"

"对付你，绰绰有余，姐妹们，一起上，将这个家伙剁成肉泥，喂兔子。"凤女举起两柄寒光闪闪的匕首。

可惜，她的确不是鲁师傅的对手。

第五章　凤王丹

连连败退的凤女看向金吾卫、计墨巧，大喊道："快出绝招，天快亮了，郎巾必须死。"

"我来挡他们，你们带着郎巾走。"鲁师傅冲向计墨巧。

晏河洛和允诺跑向石像。

"哪里逃！"金吾卫将军直奔允诺的喉咙。

七凤阻拦："她与郎巾的血才能开启地宫，她不能杀。"

"哼！"金吾卫将军的刀划过郎巾，青色的血液喷溅而出，允诺的眼睛竟然和石像一样，也泛起了青色的光芒。

此时，圆月当空。允诺的眼、手镯和石像的眼、手镯共同出现青色的光芒，那光芒汇聚到一处，地面上出现了神奇的九宫八卦阵。

萧瑟的别院安静下来，带领不良人赶来的太白先生和杜子美也震惊地盯着神奇的一切。

鲁师傅大声提醒道："地宫已经出现了。"

"谁都不能走。"七凤和计墨巧同时攻了上去。

这时，阵法里的石像开始转动，地面凹陷，出现地宫的入口。

"我们去探一探！"两位先生跳了进去，计墨巧找准机会，冲了过来，鲁师傅一秤杆砸在他的头上。七凤背后偷袭，刺了过去："到底谁的武功不长进？"

"你……"鲁师傅不可置信地看着自己胸口溢出的鲜血，嘴里骂了一句，栽倒在地。

晏河洛、允诺也进了地宫，七凤和金吾卫守在入口，七凤抹过匕首上的血迹，冷笑道："就让他们替我们去取凤王丹吧。"

24

压抑，稀薄，喉咙里似乎堵着一块黏稠的鱼，剥离黏稠的鱼皮，是锋利的鱼骨。

"呼、呼、呼……"两位先生瘫靠着石壁，每一个毛孔似乎都在呼吸。

晏河洛竖起耳朵，认真地听着，每走一步都能听到诡异的声音。他不禁问道："允诺，听到了吗？有声音……"

允诺双眼血红地看向晏河洛："骗我，你们都骗我。"

佩剑出鞘，寒光闪烁，直奔晏河洛的喉咙。

晏河洛连连躲避，差点中招："允诺，你清醒点。"

"骗我，你们都在骗我。"允诺大喊，宝剑横着砍向了太白先生。

晏河洛一甩手，飞出几块鹅卵石，击中了允诺的手腕。

太白先生夺回允诺的剑，允诺情绪激动地晕倒了。

"她怎么了？"晏河洛关切地问。

杜子美摆手："允诺无恙，似乎迷了心智。这里不是久留之地，要尽快找到出路。"

"好。"晏河洛走在前面探路，地宫又长又深，走了好一会儿，视线宽阔起来。两侧都是鱼首人身像。只不过它们有男有女，皆穿着朝堂上的官服。

"天墀龙座，这些人，胆子真大。"晏河洛心头一抖。

"你们看，那是什么？"杜子美指着龙座。那里有三个琉璃

第五章　凤王丹

瓶，晶莹剔透，里面分别装着朱褐色的仙丹。

晏河洛大喜地喊道："是凤王丹。"他疾步而去，拿起三个玉瓶，交给两位先生。

太白先生和杜子美分别好奇地打开自己手中的琉璃瓶，瓶内空无一物，怎么倒也倒不出那颗仙丹。

晏河洛打开了自己的瓶子，那颗仙丹也是幻影。

这时，晏河洛清楚地听到了鸟的鸣叫，允诺猛然间睁开眼睛，夺走了晏河洛手中的琉璃瓶。她将瓶子打开，一颗仙丹落入掌心。

"凤王丹，这是真正的凤王丹。"太白先生兴奋地看着泛着金光的仙丹。

那仙丹似乎有了灵气，主动飞了起来，化作缕缕白烟，入了允诺的口鼻。

允诺缓缓恢复了神志，问道："这是哪里？"

"允诺，你醒了？"晏河洛高兴地凑过来，"这里是别院下面的地宫，藏着真正的凤王丹。"

晏河洛晃动空空的琉璃瓶。

允诺好奇地问道："仙丹呢？"

"你吃了。"晏河洛羡慕地说道。

"我？吃了？"允诺惊奇地看着自己，"我真的吃了仙丹？"

"凤王丹化为凤形，你感觉怎么样？之前你忽然发狂，差点杀了我与两位先生。"晏河洛关切地说道。

允诺满脸愧疚地说道："我又发狂了吗？我已经很多年不曾犯过此病了，就像一场好长、好长、好长的梦魇。"

"你以前也发狂过?"太白先生侧目问道。

允诺点了点头,说道:"师父说我三魂有失,遇事需冷静自持,莫让火邪入脑影响神志。上次发作,师父炼制熏香为我治疗……"

"你没事就好。"晏河洛放下心来,"允诺,我们现在还是想想,怎么离开这里吧。之前呼吸困难,现在我总觉得冷飕飕的。"

"好,我来看看。"允诺的目光落在那些石像上,又看向天墀龙座。她深吸一口气:"三才拱龙阵,之前我们进来的那条路应该是天路,从上而下。这里应是地路入口,埋活人,葬白骨。"

允诺一边说,一边连续地踩着地砖,脚步错综复杂。诡异的是裂开的地砖之下有浓郁的腐臭味飘出来。

晏河洛打了个寒战,说道:"这里既然不是出口,千万不要看。"

"我在根据这里的位置,来断定人路的方向。走吧,天路、地路皆开,人路也就畅通了。"允诺一边计算着距离,一边向前走去。

四人一路前行,连续摸到三个入口,其中就包括人路。

允诺走在前面,没有着急进去,反而转过头,说道:"这地宫中的人路设计最为特别,我猜想出口一定出乎意料。"

"允诺,你要不要休息一会儿,身体吃得消吗?"晏河洛担心允诺因为疲惫再次发狂。

允诺摇头,说道:"我还好,走,别耽误进去的时辰。"

"走。"晏河洛走在前面,太白先生和杜子美紧跟在允诺身后。

第五章　凤王丹

四人刚走出不远，身后的石门迅速地闭合。

允诺加快脚步，说道："快走，中枢正在变道。"

"这地宫，莫非还有人操控不成？"晏河洛好像看懂了些名堂。

允诺苦笑地摇头，解释道："这地宫，是按照时间顺序设计的，以年、月、日运转。每月的十五是月圆之夜，可以开启地宫。人路的入口随着时辰而转变。至于与月相关的到底是什么，我还没有发现。"

"这么说，我们走的这条隧道在改变？"太白先生惊讶地看向四周。

允诺点头，又摇头："并非如此，隧道是不会改变的，改变的是入口。如果我们现在陷在地宫之内，那这个入口是无法打开的。"

"你是说，人路的入口共有十二个，对应十二个时辰。每个时辰只能打开其中的一扇门，是吗？"晏河洛恍然大悟。

允诺点了点头："没错。隧道是相同的，出口是相同的，入口却随着时间而改变，这就是机关门地宫十二路的布置方法。走，跟紧我。"

允诺的脚步很快，她小心翼翼地在前面带路，时而介绍着。不一会儿，就停在交叉路口处。

一切果然如她所说，整个布局左右交错，共有十二条路。不过，允诺顺利地找到十二条路，表情愈加凝重起来。她盯着前面的路，又看向身后的路，捏起手指盘算。

周围很静，仿佛一个人都没有，只有路。

晏河洛的潜意识里充满了恐惧，自己是多余的。他下意识地后退两步，站在两位先生的旁边，试探地问道："允诺，怎么了？到底怎么回事？"

允诺紧皱起眉头，说道："建地宫之人着实歹毒，他布置的人路，是十二条，却没有第十三条生路。这种布置，在机关门内叫作九死一生。十二条路，真正能离开的，只有一条。"允诺盯着前面的路："要算出哪条是对的，只能靠运气。"

杜子美听懂了她的话，说道："你是说，只要走错，我们只能回到地宫？"

"也有可能是地路尽头，最大的概率是回到地宫。我要算一下。"允诺盘坐在地上，喃喃自语，双手不停地在地上画，"隧道入口是变动的。每个时辰都在轮转，我们先走这边。速度快些，若是不对，尽快后退。"

"好。"晏河洛点头。四人一路前行，很快走到尽头。允诺敲击两下石板，摇了摇头，说道："这条路不通，应该是回地宫的。走吧，再换一条。"

四个人连续测试了三条通道之后，走向又长又窄的第四条路。

晏河洛在心里默默以步数计算着距离，说道："允诺，这条路比之前那三条都要长。"

"很可能是出口。"允诺也表示赞同，压在四人心中的大石头落了下来。

允诺是有本事的，这个出口何止是长，是长得要命，四个人足足走了半个时辰，才走到尽头。

第五章　凤王丹

允诺拨动机关，用力地推开石板："这是单向出口，只能出，不能进。"

"出去就好。"两位先生大口地呼吸着从出口灌入的空气，走了出去。

"这里是……"杜子美闻到了熟悉的味道，这是一间茅草房。

晏河洛惊呼道："这里是孙掌柜遇害的地方。"

"前面是孙家客栈，左边就是我们住的客房。"晏河洛疾步前行，指向前面的月亮门，"我们的马车，客栈的水井、厨房。"

"什么人？"刘夏和张春守在茅草房，见到晏河洛、允诺和两位先生，满脸惊讶。

"你们回来了？太好了。"刘夏带着哭腔。

晏河洛拍过兄弟的肩膀，问道："你们怎么样？金吾卫、红手门那些人呢？"

张春抢着回道："金吾卫送回了孙掌柜与鲁师傅的尸体，红手门的人消失了，尸体和活人都没见到。我怀疑金吾卫内讧了。"

"对了，河神庙的人也跑了。"刘夏补充，"计墨巧死了。"

"他们都是为了凤王丹？"允诺的眼神里满是悲悯。

"谁不想长生不老？"太白先生微微叹了口气。

"我……"允诺觉得自己的头都快裂开了，眼神变得迷离。

"不好，允诺，允诺……"晏河洛搀扶着虚弱的允诺，"师父，想想办法，允诺又要犯癫狂之症。"

杜子美看了看允诺的双眼，说道："火旺津亏，灼邪入脑。这种病症我还是第一次见，也没有什么办法。"

允诺虚弱地苦涩一笑："无碍，师父仙去后，我的命一直都在被人控制。红手门、机关门、金吾卫,包括保护我的人,都将我蒙在鼓里。我不知道他们要在我的身上得到什么。"

"允诺,有没有一种可能,华盖仙人根本就没有炼制出凤王丹,那颗凤王丹代表的就是你?"晏河洛得出了超乎常人的结论。

允诺激动地摇头:"不会的,不会的,我怎么可能是凤王丹呢?"

"河洛说得有道理,凤王丹化作金凤飞入你的口中,它很可能,本身就是你身体的一部分。"太白先生说出自己的看法。

允诺颤抖地张开双手,自言自语:"我是凤王丹?!"

25

晏家书房,檀香弥漫。晏长水表情凝重地放下了手中的信函。

晏河洛低着头,走了进来:"爹爹,我们回来了。"

晏长水看着高过自己的儿子,欣慰地笑了。这是世上最美好的期盼,哪个父母不希望儿女展翅飞翔呢?

"好,真好。"晏长水激动地拍了拍儿子的肩膀,结实的肌肉让他更放心了。

"平安回来就好。"晏长水动情地说道。

"金吾卫和县令那边?"晏河洛深知洛邑城的复杂形势,父亲毕竟在朝为官,晏府上下几十口人,岂能儿戏?

"金吾卫的王将军拜访了县令大人。县令大人说,让你们去

第五章　凤王丹

一趟县衙。"晏长水说道。

晏河洛默默点头，回应道："县衙自然是要去的，只是……"

"你们在地宫之中，可曾得到凤王丹？"晏长水紧盯着晏河洛。

晏河洛顿了一下，想到凤王丹飞入允诺口中的那一幕，恐怕没人会相信。他摇了摇头，说道："地宫中只有二个空的琉璃瓶。"

"空的？"晏长水又紧盯着晏河洛。

晏河洛点了点头："是的。"

晏长水沉重地叹了口气，说道："两位先生非人间之人，对长生的渴望我能理解。允诺姑娘修仙问道，长生自有办法。唯独你，若真有三颗凤王丹，你该拿回一颗，献给圣人。"

"啊？"晏河洛从未想过父亲有这般的念头，"金吾卫是圣人派去的？"

"这有什么区别吗？"晏长水点了点头，"没有带回凤王丹，他们是不会善罢甘休的。"

"爹爹——"晏河洛想说清楚此事的来龙去脉，又担心允诺的安危。

晏长水知道儿子撒了谎。他在想，如何交差？父子二人谁也没有说话，屋内时而发出白蜡燃烧的吱吱声响。

晏府的客房同样安静，允诺望着袅袅的烛光，脑海中闪过惨烈的红：地宫内的尸身，鲁星耀胸口的血窟窿……

"啊？！"允诺紧闭双眼，身体不停地颤抖。

杜于美想安慰几句，太白先生拦住了他："小心。"

果然，允诺睁开眼睛时，瞳孔里满是杀气。

"后颈。"杜子美在一旁大喊。

太白先生出手将允诺击晕，安顿在屏风后的小榻上，问道："她的癫狂之症能否康复？"

杜子美摇了摇头。屋内再次陷入死寂。

良久，太白先生开了口，说道："金吾卫打的是什么主意？"

"他们只是想交差而已。"杜子美缓缓地说道。

"凤王丹只属于有缘人。"太白先生感叹道，"金吾卫、红手门虽然这几日都安分了，但是我隐隐觉得，他们在谋划着大事。"

"若真是那般，我们只能静观其变。"杜子美说出心里话。

太白先生叹气："若你是洛邑县令，金吾卫让你在咱们与金吾卫中选择，你会怎么做？"

"这要看允诺的心意。"杜子美看向那扇单薄的屏风，思考着它能否抵挡震怒山河的危险。

翌日一早，允诺醒来的时候，两位先生正在煮茶，一队金吾卫走了进来。

晏家父子来得匆忙，晏河洛护在前面："这里是晏府，你们不能乱闯。"

"是不是有什么误会？下官并没有接到王将军的手令。"晏长水说道。领头的金吾卫笑道："看来，我们来对了。"

"哦？"两位先生不经意地对视了一眼。

"谪仙人没有收到消息吗？"领头的金吾卫问。

"什么消息？"太白先生侧目不解。

另一名金吾卫说道："王将军让我们来送信，李相在圣人面前举荐了谪仙人，先生要回长安了。"

第五章　凤王丹

"这……"太白先生的目光变得黯淡。

"恭喜先生。"晏长水拱起双手。

"诸位告辞，我等要去围剿红手门了。"金吾卫拱手告辞。

"为何？"晏长水不解地问道。

"王将军说了，红手门私藏凤王丹，自然要挖出来。"金吾卫解释道，"最近你们不要出门。金吾卫会连续在鬼市抓人。"

"为什么？"允诺忍不住站出来，晏河洛拦下她："不耽误各位出公差了。"

一行人又寒暄几句，金吾卫离开晏府。

"红手门私藏凤王丹？金吾卫真是能文能武，朝堂上的手段学得厉害。"晏河洛冷笑道。

"走，去凑凑热闹。"杜子美提议。

"好！"太白先生扬起头看向隐在云中的光，谁在阻挡光明，又是谁在掩盖真相？

"河洛，让刘夏和张春陪先生们去。"晏长水不放心地吩咐。

"无碍，有我在。这里是洛邑！"晏河洛拍着胸脯。

一行人出了门，喧嚣的街上一切如初，你来我往，老百姓最关心的依旧是日落后的餐食。

四人从巷口走到巷尾，绕到一条平整开阔的道路上。

"先生，这是出入洛邑城的必经之路。前面就是南市了。"晏河洛细心地介绍。

"长安的街也不过如此。"太白先生落寞地说道。

"先生是想念长安了吗？"晏河洛悲伤地说道，"我会想念先生的。"

193

"哈哈……哈哈……"太白先生大笑,"是长安想念我,我想念河洛。"

"真的?"晏河洛大喜。

四人出行的气氛欢快而轻松,似乎远离了纷纷扰扰的世间事。

这时,一辆马车疾驰而过,风儿卷起帷帘,晏河洛看到了一张熟悉的面孔。

"仡濮长老。"晏河洛说道,"就是在南市卖给我们郎巾的仡濮长老。"

"这就怪了。"允诺回想起南市的那一幕,"那日,香儿姑娘说,郎巾是种奇虫,她只曾在南市见到过。然后,我们前往南市碰运气,只有仡濮长老卖郎巾的虫蛹。"

"仡濮长老,香儿姑娘?"杜子美也陷入了回忆。

"谪仙人,谪仙人,总算找到你了。"那位去晏府报喜的金吾卫骑马而来,"王将军到了,要亲自为您贺喜。"

太白先生眯着眼,看向远处。

一个穿盔甲的男人骑马而来,身后跟着一队威仪的金吾卫。

"王少仲见过谪仙人。"骑在马上的王少仲拱起双手,一脸的杀气。

太白先生客套地拱手还礼:"王将军。"

"这位是允诺姑娘吧。"王少仲绕开杜子美和晏河洛,问了允诺,"听闻,允诺姑娘来自王屋山。"

"允诺自幼在王屋山长大。"允诺此时无比的清醒。

"王将军事务繁忙,我们就不打扰了。"晏河洛不太喜欢他。

第五章　凤王丹

王少仲下了马，说道："我是特意来见四位的，请。"

晏河洛和允诺同时看向两位先生。太白先生洒脱一笑："走了这么久，刚好口渴，讨口茶喝，甚好，甚好。"

南市的尽头是一家不起眼的茶铺，歪歪扭扭的布幌子泛着茶色，一位茶童正在门口烧炭。

茶童见到王少仲，立刻站了起来："王将军，请，今日的茶汤味道特别浓。"

"好！"王少仲走了进去。里面别有洞天，看样子并非茶铺，更像读书人的书房。

允诺压低声音："你知道这里吗？"晏河洛左右看了看，摇头道："没来过。"

众人入座，茶童上茶，一切行云流水。

王少仲宛如主人一般，说道："诸位随意，我闲暇时，常来这里坐坐。"

太白先生端起茶碗，品了品，说道："的确是好茶。王将军，开门见山，可是有事？"

"痛快！"王少仲坦言，"你们已经知道红手门私藏凤王丹一事了吧。"

"王将军好谋略。"晏河洛冷冷地说道。

"晏公子少年英才啊，你岂会不懂本将军的意思？"王少仲笑道，"官是官，吏是吏，官向官交差，吏向吏交差，各有各的办法。我等奉命为圣人寻凤王丹，死的死，伤的伤，不是死在地宫，就是死在金吾卫的刀下。我不求有功，但求无过，想活命，自然要想法子。"

"王将军不是已经交差了吗?"杜子美放下茶碗。

王少仲站起身,表情阴冷地说道:"你们觉得我很好骗吗?你们知道凤王丹代表什么吗?你们真的不愿意献给圣人?又或许……"他顿了顿,看向太白先生。

太白先生自然知道那眼神的含义:"哈哈……高官厚禄,荣华富贵,不过是一场空罢了。"

"果然如此啊。"王少仲收敛了逼人的气势,说道,"圣人相信谪仙人。"

"圣人万岁,万岁,万万岁。"太白先生站了起来,朝着长安的方向叩拜。

王少仲笑了,看向身后的老者,说道:"圣人相信,我却不太相信。不如,我们验一验。"

"王将军想做什么?"晏河洛警觉地问道。

"贫道法号三台,凤王丹的炼制,贫道也曾参与其中。老夫只要一验便知。"三台从怀里拿出一只玉鳖,敲了一下,玉鳖的眼睛亮了起来。

王少仲伸出手,放到鳖壳之上,玉鳖毫无反应。

两位先生也认真地试过,玉鳖没有任何反应。杜子美仔细地观察一番,说道:"没有任何机关,真是神奇。"

"我来。"晏河洛走过去,无比自信地将手按了上去。众人都盯着玉鳖,可是玉鳖死气沉沉,依旧没有任何反应。

王少仲看向三台,三台点了点头,说道:"晏公子不曾服用过凤王丹。"

"我也来试试。"允诺伸出手臂。

第五章　凤王丹

三台摇头道："允诺修习的武功与我一脉相承。我相信，地宫之中的三个琉璃瓶，的确都是空的。"

王少仲站起，说道："是王某冒昧了。我会将今日之事，禀告给圣人。诸位都是圣人的忠臣良将。"

"王将军，此事已结，贫道先走了。"三台收起玉鳖，走了出去。

晏河洛拦住他，说道："您有办法治疗疯癫之症吧？"

"疯癫？"三台逐一看过四人，目光落在允诺身上，"她？"

"对，就是允诺。"晏河洛说道。

"允诺三魂有损，想治愈何其难也。当年她师父在秦州得一秘方，用香熏的方法对允诺进行了安魂治疗。"三台似乎对允诺很熟悉，可允诺对他一点印象都没有。

三台走后，两位先生与王将军告辞，同晏河洛和允诺一同离开茶铺。

晏河洛不解地问道："奇怪，真是奇怪。那卞鳖真的能试出凤王丹？对了，允诺，你不认识三台？他对你很熟悉哦。"

允诺皱眉应道："嗯，他应该是我们这一脉的师伯，只是我真的没有见过他，也没有听师父提起过。"

"那你怎么知道是你们这一脉的师伯？"晏河洛又问。

允诺笑道："我们这一脉，修炼的是内丹之术。家师华盖，代表肺气，三台，代表头颅。三台君是我们这一脉的掌教人。虽然师父不曾提起，可是只要熟读道经，都能知晓。"

"原来是这样。"杜子美点头。

允诺说道："师父捡我回来，再没有与师门联系。"

"不会。"晏河洛找出一点,"你师父一定对你有所隐瞒,三台道长刚刚说你三魂有失,是秦州秘方治愈的。"

　　允诺皱眉沉思,许久后,她摇了摇头:"我能确定,的确没见过他。"

　　"嘿嘿,这不重要。我们现在有了控制你病情的线索。"晏河洛喜上眉梢。

　　"秦州!"杜子美喃喃自语,"秦州……"

　　突然,两位先生同时停下脚步。

　　"我记得……"太白先生开了口。

　　"香儿姑娘来自秦州。"杜子美笃定地说道。

第六章　登龙术

赠李白

【唐】杜甫

秋来相顾尚飘蓬，未就丹砂愧葛洪。
痛饮狂歌空度日，飞扬跋扈为谁雄。

26

河神咒案完结之后，天津桥的重楼又恢复了往日的繁华。游商旅客、贵胄文人多会于此。一边饮茶，一边赏景，人生快哉。

一天前，晏府送来了帖子，"谪仙人"会来茶肆饮茶。茶肆老板一夜没睡，亲自带着小二将风景最佳的包厢收拾整洁，为了彰显茶肆的文雅，还添了文房四宝。这是商人的小心思，谁不希望自家商户成为第二个黄鹤楼呢?

天一大亮,香儿姑娘配好了茶汤,等着两位先生前来。

晨曦还未散去,金闪闪的光刚好跳进屋子。晏河洛、允诺、太白先生、杜子美说说笑笑地走进茶肆。

香儿姑娘笑意盈盈地迎了过来:"水滚了三遍,茶汤刚好。"

"有劳香儿姑娘。"杜子美客套地说道。香儿姑娘麻利地舀了四碗茶汤:"尝尝。"

晏河洛最心急,差点烫了舌头:"哇哇……"

"哈哈……"允诺揶揄地笑。

香儿姑娘抿嘴一笑,说起掌柜交代的话。她悄悄地舀着茶,语调轻盈而悠长。

"不知两位先生可有新作?"

杜子美挑眉道:"我有几句,赠与兄长。"

"哦?"太白先生欣慰地放下茶盏。

"秋来相顾尚飘蓬,未就丹砂愧葛洪。痛饮狂歌空度日,飞扬跋扈为谁雄。"杜子美真挚而语。

"好诗!"晏河洛激动地站起来。

太白先生以茶代酒,与杜子美狂饮三杯。香儿姑娘端来煮沸的茶汤,故意笑道:"这样的好诗,是要留在茶楼的。"

两位先生对视后,切入了正题。杜子美问道:"香儿姑娘,这次我们过来,是想与你请教一事。"

"先生请问,香儿知道,一定直言不讳。"香儿一副波澜不惊的样子。

杜子美径直问道:"香儿姑娘知晓药性,可知秦州有何秘方,可治疯癫之症？"

"先生说的是仙香吧。"香儿笑着说。

"仙香是什么？"晏河洛好奇地问。

香儿抿着唇，轻声解释道："仙香是香火鼎盛的寺庙或者道观的香炉里的香灰，与一些名贵的草药炼制而成的熏香。这不算什么秘方，秦州懂得制香制药的人都知晓。"香儿为四人添过热的茶汤。

允诺好奇地问："不是秘方吗？"

"嗯，说秘方也对。只是在秦州人眼里，不是什么秘方。对洛邑城的百姓来说呢，应该算得上是秘方吧。"香儿分析道。

"有点意思。"太白先生端起茶碗。

香儿走到文房四宝前，寥寥数笔写下搭配香灰的熏香方子，递给杜子美，说道："这个就是先生要的方子。"

杜子美仔细看过，诧异地问道："这几味药，很是寻常啊。香儿姑娘确定，秦州治疗疯癫之症的熏香方子，只有这么一个吗？"

香儿点了点头，说道："的确只有这么一个。此方乃我家祖上所创，很是有效。"

"多谢香儿姑娘。你那香包应该也有安神的作用吧，我佩戴香包时，心神安宁很多呢。"允诺感谢地说道。

香儿走到允诺身边，关切地说道："这些年，你因为疯癫之症，受了不少苦吧。没关系，别怕，过些时日就好了。"

"香儿姑娘说的对，有了熏香，允诺就不会发病了。"晏河洛兴奋地说道。不过，他很快意识到问题，"不对啊，之前，允诺也没有疯癫啊，是不是很多年也没有发作啊？"

"或许是因为师父当年的药起了作用，只是太久远了。"允诺说道，"这次麻烦先生帮我配药了。"

"无妨，无妨。"杜子美挥手，看向太白先生说道，"兄长，我与寺院的道一有旧，可去他那要一些香灰过来。"

"明日，我陪贤弟走一趟。"太白先生说道。

香儿又煮了茶汤，端来几样精致的小点心，说道："吃些茶点吧，明前龙井的点心，味道很好。"

"哇哇，我小时候最爱吃的就是重楼茶肆的茶点。每次父亲来喝茶，我都会跟着过来。我可不是为了喝茶，就为了一口茶点。"晏河洛捡起一块，满足地吃了起来。

香儿姑娘笑着说："晏公子若是喜欢，香儿做一些，送到晏府。"

包厢内说说笑笑，气氛极好。

这时，一个身穿公服的男人粗鲁地闯了进来。

"谪仙人何在？"

高傲的声音穿透了墙壁。太白先生一动不动地喝着茶，包厢内无人应答。

"谪仙人何在？"公差又一次大吼。

晏河洛愤怒地站起来："你是何人，找先生何事？"

"不在？那去了哪里？不在晏府，不在茶肆，干吗去了？我是李相派来的公差，还不过来拜我？"公差冷哼一声，气势十足。

香儿姑娘为了缓和尴尬的场面，平息公差的怒气，端来茶

第六章 登龙术

汤:"大人请用。"

公差贪婪地嗅着茶汤的香气,随手摔在地上:"什么烂茶都敢端上来,哼,太瞧不起本公差了。"

"啪!"

太白先生、允诺、晏河洛、杜子美同时站了起来。

"找打!"允诺的双眼布满了血色。

晏河洛感觉气氛不对,大喊一声:"不好。"

"你说对了,本公差真的不好!"公差拔出了刀,可惜,允诺先动了手,剑锋寒冽,见血封喉。

晏河洛来不及阻止,公差倒在地上。两位先生震惊地一顿。

香儿姑娘大声惊呼,喊道:"杀人了。"

"啊……"凑热闹的人纷纷前来,允诺的眼睛越来越红,她握紧手中的宝剑,挥向人群。

"允诺,不要!"晏河洛着急地阻止,战成一团。允诺的剑法本就略胜晏河洛一等,不过,她失了神志,无法顺利施展自己的轻功与内劲,只是凭借多年习武的底子进行下意识的攻击,和晏河洛打了个不分上下。

太白先生想出手相助,杜子美拦下了他。两人的目光一刻也没有离开过打斗中的晏河洛和允诺。

重楼茶肆乱作一团,巡街的金吾卫和洛邑县衙的不良人很快赶来,众人一起出手,将允诺制服。允诺因为情绪过于激动,晕了过去。

杜子美仔细看过,说道:"允诺的疯癫之症,越来越严重,等不到明天了,今晚我就去配制熏香。"

"怎么回事，谁杀的人？"王少仲到了。

晏河洛解释道："允诺犯了疯癫，她不是故意为之的。她这个样子，无法到案，等她醒来，我会带她回衙门的。"

"此人是？"王少仲指着死去的男子。

晏河洛摇了摇头，说道："自称是朝中公差，相爷派来的，威风得很，我也不知道叫什么。"

"先将尸体收殓带走，立刻禀告县令大人。"王少仲不想惹这个麻烦，交代几句，就匆忙走了。

不良人带走了公差的尸体，包厢内又恢复了最初的安静。

"我带允诺回去。"晏河洛想背起允诺回晏府。

"不可。"杜子美阻拦道，"允诺这个样子，会给晏府带来麻烦的。晏大人也无法脱身。"

"那怎么办？"晏河洛有些着急了。

香儿姑娘提议道："不如，让允诺在我的卧房休息吧。"

"这是个好主意。"杜子美点头。

"那就麻烦香儿姑娘了。"晏河洛点了点头，跟随香儿走了出去。

香儿姑娘的房间不大，却十分整洁干净，处处是女儿家的样子。香儿姑娘帮衬着晏河洛将允诺放在小床上。

香儿姑娘拿出香炉，点起了熏香。

晏河洛打量四周的家什，无意间说道："茶肆老板对你不错，给你单独准备了房间。"

"哪里哪里。"香儿姑娘客套道，"都是托了谪仙人与杜先生、晏公子的福，若是没有你们，老板也不会专门给我准备房间，其他姐妹们都十分羡慕我呢。"少女的脸上露出少有的骄傲神情，"这也是香儿的福气。"

"好人有好报。"晏河洛咧着嘴。

"晏公子放心，我会照顾好允诺的。"香儿姑娘温柔地保证。

"有劳！"晏河洛着急地去和两位先生会合，他们要去寺院讨要香灰，以最快的速度为允诺配制熏香。

27

洛邑多寺院，百姓重信诺，大大小小的寺院皆香火兴旺，梵音阵阵。洛河边有一座寺院——福先寺。寺门前掩着茂密的垂柳，青石台阶下是泛着微微涟漪的河面。

每日旭日东升，河面上倒映着长长的暗影，那是福先寺的佛塔。佛塔极高，那塔影仿佛伸到了城门口。所以，老百姓习惯将福先寺叫作"塔寺"。

晏河洛带着两位先生来到寺院时，已近晌午，塔影正浓。晏河洛递了拜帖，小沙弥将三人请入寺内。

"三位施主随我来。"小沙弥打开了禅堂的大门，一位僧人安坐在内。

"阿弥陀佛。"道一和尚双手合十地说道。杜子美为道一和尚介绍了太白先生与晏河洛的身份，道一连连佛语，很是欣慰。众人几番寒暄，杜子美说道："道一大师，我们有事相求。"

"哦？"道一总眉善目地抬起头。

"我们想要些香灰入药。"杜子美殷切地说道。

"香灰入药？这听起来……"道一皱了皱眉。

"请看……"杜子美拿出了香儿姑娘的药方。

道一接过药方，扫过几眼，刚想说些什么，门外有脚步声传来。

"有客到了。"小沙弥带来一个儒生。那儒生面如冠玉，两撇短髯，身着布衣，头戴幞头，打扮与两位先生很是相似。

布衣儒生刚一进门便笑着道："谪仙人，没想到竟能在此与您相见，真是三生有幸啊。"

太白先生打量着他，诧异道："我认识兄台？"

"哈哈……谪仙人，认识与否并不重要，凡事讲一个缘字。缘分到了，自然就相识了。不知，我能否与谪仙人单独详谈？"布衣儒生真诚地说道。

道一垂眉说道："阿弥陀佛，两位施主请便。"

"哈哈……"太白先生洒脱大笑，"天下事，既是缘字，有何避讳？畅快直言才是好的。"

布衣儒生一顿，随即淡笑道："先生爽朗，是我拘束了。"

"到底何事？"太白先生淡然问道。

布衣儒生拱起双手："先生，我家主公对您仰慕已久。此次来洛邑，便是邀请您。"

"哦？你家主公是？"太白先生皱眉。世间事皆在动，从离开长安，到李相相邀，命运之环不停地旋转。不知眼前之人背后的势力是……

布衣儒生低声说道："我家主公是范阳节度使。"

"原来是两镇节度使，御史中丞。"太白先生面色低沉，轻声

第六章　登龙术

细语地说出位高权重之人。晏河洛和杜子美都没说话,两人深知先生性情,看似淡薄,心思极重。

布衣儒生笑道:"节度使若是知道被谪仙人如此看重,定会高兴。虽然节度使看似粗犷,实则虚怀若谷。主公一直求才若渴,谪仙人的佳作皆录在案上,每日研读。先生伴在主公左右,才不会埋没一身才气啊。"

"谬赞了,你看看,我这般懒散,有什么才气?"太白先生自嘲地婉拒。

布衣儒生并未惊讶,继续说道:"谪仙人的心思,我自是理解。若是有一日,谪仙人厌倦了闲云野鹤的日子,请记得我家主公。"

太白先生未语,布衣儒生也没有久留,转身离去。

禅堂安静如初,谁也没有说话。

许久,太白先生打破寂静,说道:"命,是无常的。"

"阿弥陀佛……"道一虔诚地说道,"凡事有因,有果,因果轮回罢了。施主大才。"

"哈哈……"太白先生又是一番大笑,笑声中少了几分洒脱,多了几分自嘲。

这时,小沙弥送来了香灰。

道一说道:"疯癫之症,也是失魂,是心结。古人讲,是药三分毒。欲治其病,先寻其根,根除病自愈。嗯……"道一顿了一下:"我可以去看看,探 探病根。"

晏河洛兴奋地说道:"那就麻烦大师走一趟了。"

"救人一命胜造七级浮屠,阿弥陀佛。"道一双手合十。

一行人在小沙弥的引领下走出寺院，晏府的马车停在洛河河畔。

车夫见到晏河洛等人，慌乱地跑过来，大喊："公子，快看看，洛河这是怎么了？"众人看了过去，都呆在了原地。

石桥下出现一个巨大的旋涡，河水顺着旋涡涌去，水面快速下降，一尊尊鱼头人身的石像浮了出来。

石像尽头是一座气派的地宫，门口立着两个双头石兽，大门上的花纹华丽尊贵。

"那是金凤图案？"晏河洛想到了送驾庄的地宫，"凤王舞空，与三个琉璃瓶上雕刻的一模一样。"

"不好，允诺有危险。当时，是她的血开启了别院下的地宫。这座地宫，应该也与她有关。"杜子美惊呼道。

众人立刻上了马车，晏河洛亲自驾车，一路疾驰奔向重楼茶肆。

茶肆内，香儿姑娘正在与掌柜商讨新茶汤的方子。

晏河洛第一个跳下马车，着急地问道："香儿姑娘，允诺呢？"

"她刚刚头疼发作，我点了安神香，她在我的卧房休息。"香儿姑娘解释道。

晏河洛着急地往里走："带我去看看。"香儿姑娘神色一顿，伸出手臂，说道："这边请……"

众人用最快的速度进了卧房，允诺安详地睡在床榻上。晏河洛稍稍放心，他喘了一口粗气，道："还好，还好。"

"阿弥陀佛……"道一紧紧皱眉，"这位女施主似乎在梦魇。"

第六章 登龙术

"梦魇?"晏河洛摇头,"大师,她这次发狂比之前凶猛很多,我根本抵挡不住,连阻挡都很难。"

"阿弥陀佛,待贫僧仔细看看。"道一伸手,按在允诺的脉搏上。

少顷,道一叹了口气,说道:"你们的药方,只能压制她的疯癫之症,根本无法治愈。不过,越是压制,疯癫就越强。终有一天,熏香压制不住了,就是她彻底癫狂的时候。"

"大师可有办法?"晏河洛担忧地看向床榻上的允诺。

道一想了想,说道:"我参禅多年,不久前修成六神通之一的他心通,可以看透她的心思,找出癫狂缘由,再祛病事半功倍。"

"太好了,多谢大师。"晏河洛欣喜若狂。

"贫僧修为尚浅,施展他心通要与她灵魂共振,怕是力有不逮,还要请几位与贫僧共同抵抗她心中的癫狂。"道一坦言,看向屋中四人。

"有劳大师。"两位先生同时拱起双手。

香儿姑娘有点迟疑,她抿着唇,试探地说道:"小女子不是心思坚定之人,实在不便参与。若是大师有需要,我可以喊几个伙计过来。"

"无需旁人,我们三人即可。"晏河洛目光坚定。此时的少年冷静无比。遇见允诺是他的命数,该经历、该承受的都要抗过去。

杏儿姑娘缓缓走出狭窄、昏暗的卧房。太白先生、杜子美、晏河洛在道一的安排下坐好。道一双手合十,稳定心神后,对准了允诺。

那是一道金光,耀眼非凡。

金光闪耀下,允诺头戴金钗,手戴玉镯,一身华丽地出现在众人面前。

"允诺。"晏河洛忍不住地呼唤。但是允诺仿佛变了一个人,她双眼呆滞,并无反应,迈开步子,向前方走去。

道一挡在允诺面前,又是一指。

允诺痛苦地扭曲着身体,仿佛置身烈火。她的眼睛越来越红,随时要撕裂自己。就在破蛹而出之时,一只金凤飞了出来,那青色的玉镯变成了血红色。

"阿弥陀佛,这是凤权。"道一震惊地瞪圆双眼,不停地诵读着经文。

凤权!

自天后驾崩以后,凤权这个词是大唐的禁忌,也是当今圣人心中无法逾越的鸿沟。

金凤在允诺的头上盘旋,允诺似乎苏醒了。

晏河洛大喊:"大师,她这是要去哪儿?快些拦住她啊!"

"贫僧自有办法。"道一不慌不忙地跟在允诺身后。长廊的尽头是供桌,那里有一块鱼骨。允诺走到鱼骨面前,鱼骨变成了金色。

自古有言,手握金鱼骨,富贵不用愁。金鱼骨又叫皇命骨,只有纯真的真龙血脉才能拥有。

道一拿起金鱼骨,允诺的身体一颤,停在了原地,金凤消失得无影无踪。他将金鱼骨放到允诺的头顶,允诺的幻影消散不

第六章　登龙术

见。

"这是？"晏河洛着急地四处找寻，"允诺呢？"

道一说道："我已用金鱼骨将她压制，疯癫之症的源头，马上就可以看到了。"

"先生，你们快看。"晏河洛大喊。

允诺消失的地方又出现了一个允诺，是允诺又不是允诺，似乎只有八分相似。

那女子抱着婴孩站在别院，一旁的护卫满脸警惕，仆人们脚步匆匆……每个人都在忙碌着，没有人多看那女子一眼。

女子默默地走到墙角，刻意转过身，仿佛在安抚婴孩。侍卫传出几声不耐烦的抱怨声。

待女子转身时，婴孩不见了，侍卫慌乱地追出去，女子傻笑着朝虚幻的天空招手。这时，三个身穿红裙的女子从天而降，将大笑的女子吊在树上。

"她们是红手门的圣女。"晏河洛根据她们的打扮，猜出身份，"那婴孩应该就是允诺。这么说，她的母亲与红手门有关。嗯，她的母亲是谁呢？"

"稍等，她要坚持不住了。"道一的声音响起。

允诺的母亲被红手门的圣女押解到地宫，左侧的壁画上雕着南极长生大帝言长生，右侧的壁画上雕着后土皇地祇赦灾劫。

道一解释道："这是机关门的活人宫。机关门建造的地宫有活人宫和死人宫。活人宫求寿，死人宫求往生。死人宫的壁画都是超度亡魂，只有活人宫才会雕刻这种言寿赦灾的壁画。"

"这么说，机关门是有些本领的。"晏河洛暗暗称奇。

道一叹气道:"机关门的上一任巧工是个能人,可惜他的徒弟心术不正。"

"计墨巧我们也认得,他死在了送驾庄的地宫。"晏河洛说道,"他一生设计地宫,却没有走出地宫。"

道一默念:"阿弥陀佛,皆为天意。"

"啊……"一声长调的回声,引起众人的紧张。只见地宫的尽头是一座冰山,白色的雾气升腾着,犹如仙境。鲜红的血色藤蔓在冰山里蠕动,一跳一跳的像活人的心脏,一呼一吸中,盛开了一朵朵血色的莲花。

莲花层层叠叠,宛如花海。在那花海中央是一个透明的寒玉棺。

棺椁内,是一个身着龙袍的女子。允诺的母亲被逼迫在寒玉棺前,红手门的圣女拔出匕首,割开她的手腕。

冒着热气的鲜血顺着手腕落在蠕动的藤蔓上,吸收了鲜血的藤蔓跳得更欢,血色的莲花升起了红色血雾,棺内的女子好似活了过来。

"邪术。"道一大声训斥,他收回手臂,幻象瞬间消散。

"啊!"两位先生与晏河洛痛苦地睁开眼睛,道一捂着胸口吐了鲜血。

"大师,您没事吧。"晏河洛赶忙上前抚慰。

道一摇了摇头,平息着断断续续的气脉,说道:"窥破天机啊。"

"棺内的女子是谁?"晏河洛谨慎地问道。

两位先生叹了口气,未语。从都亭驿到王屋山,从凤王丹到

第六章 登龙术

送驾庄,处处有人布局,所有的线索都指向了……

道一开了口,说道:"没想到,红手门的背后是镇国太平公主,她们要用这种邪术来复活公主。"

"那允诺?"晏河洛问。

道一解释道:"允诺是出生不久被人抱走的,当时她三魂还未入窍,有部分留在母体之中。想来,红手门的那些人,要用她来献祭太平公主。"

"这么说,允诺的母亲是公主的直系血脉?"晏河洛惊呼。

太白先生深吸了一口气,说道:"此事重大,我与贤弟去禀告王将军。"

"兄长,那地宫,到底建在何处?"杜子美跟在太白先生与道一和尚身后。

太白先生下楼梯的脚步一顿:"洛水。"

"两位先生是说,之前咱们所观之所?"道一和尚表情严肃。

太白先生点了点头道:"红手门布局已久,我们必须阻止他们。"

"阿弥陀佛。"道一双手合十念诵佛号。

香儿端着茶盘迎面走来:"诸位,允诺姑娘如何了?"

太白先生拱手:"已无大碍,辛苦香儿姑娘了。"

"无碍,哎……"香儿姑娘招呼着,她的身体与重楼一起晃动起来。

杜子美扶住道一和尚大声问:"这莫非是,地龙翻身了?"

"快看洛河,河神显灵了。"窗边的茶客大喊着。

刚刚稳定了身形的客人们纷纷走向一楼的栏杆。洛河中,地

213

宫的入口犹如噬人的怪兽，幽深恐怖。洛河两岸站满了人，所有人都盯着地宫指指点点。

一队金吾卫狂奔而来，为首的正是王少仲。

"出了什么事？"王少仲阴暗地盯着两位先生。

太白先生道："太平公主的陵寝在洛河水底，红手门要献祭允诺道长，复活太平公主。"

"允诺呢？"王少仲看向四周。

杜子美刚想指向重楼茶肆，那重楼竟然震颤起来，天崩地裂也不过如此。

"允诺……"

28

允诺眉头紧蹙，满脸痛苦地躺在床榻上，她做了一个好长好长的梦。梦里，她看到了另一个自己，又或许不是自己。

我是谁？

允诺感到了冷，刺骨的冷。她仿佛睡在冰山上，凛冽的寒。

她快要支撑不住了。

我是谁？？

她的喉咙似乎长满了淬着毒的鳞片，一句话也说不出来。

我是谁？？？

"啊……"允诺拼命地呼喊，挣脱了一切束缚，重楼剧烈地摇动起来，她的身子开始下坠，下坠，再下坠……

"允诺！"千钧一发之际，晏河洛冲进屋内，两人一同跌落

第六章 登龙术

黑暗之中。

"啊!"允诺缓缓恢复了神志。

"这是哪里?"她问道。

晏河洛凭借着微弱的光,指向石壁上的壁画:"这是太平公主的墓穴,重楼茶肆为何会连接此处?"

允诺想了想,目光一顿:"香儿姑娘。"

"哈哈,果然如此。"清冷的声音响起,四周亮如白昼。头戴金钗、身穿凤袍的香儿姑娘带领红手门的圣女们站在两人面前。

晏河洛从靴子里拿出匕首,说道:"香儿姑娘,我劝你不要自误。死人是无法复生的,谁也不能改命。"

"谁说不能改命?有了她的血,殿下就会复活,继承大位。到那时候,你我都是有功之臣,共享荣华富贵。"香儿贪婪地张开双臂。

允诺冷笑:"痴人说梦!"

"那就休怪我无情了。"香儿挥动双臂,两束长绫飞射而出,直奔晏河洛和允诺的喉咙。

晏河洛袍袖一抖,砂石口袋飞了出来。

"走!"他快速拉起允诺。

香儿等人掩面,再睁开眼时,晏河洛与允诺已经消失不见。

香儿厉色大声喊道:"追。"

晏河洛对地宫地形不熟,他只想拖延时间,等待救兵。

王少仲冲上二楼,快速推开了包厢的门。

太白先生紧随其后,提醒道:"天字九号。"

王少仲看向走廊尽头,茶肆老板正站在那,他看似惊慌失措,实则正用眼睛偷瞄着他。

不过,茶肆老板太小看王少仲了。王少仲吃过红手门的亏,他率先出手了。茶肆老板一个转身,已经倒在王少仲的刀刃之下。

王少仲用了几分力道,刀刃插在肉里:"说,晏公子和允诺呢?"

"他们死了。"茶肆老板大笑。

王少仲又深挖了半寸:"怎么死的?死在哪了?"

"反正死了。"茶肆老板张开嘴,吐出血沫子,"殿下,殿下,我就要看到殿下了。"

"你也是红手门的人。"太白先生的话刚出口,一支飞镖从身后直奔他的后脑而来。太白先生缩身回头,茶肆老板发出了凄厉的惨叫,那飞镖不偏不倚,刺入了他的眼中。

太白先生拔出宝剑,王少仲收回了刀,两人同时向毒镖飞来的方向看去,埋伏在茶肆内的红手门打手倾巢而出。

王少仲与太白先生背对背,轻松放倒了冲上来的打手。

太白先生大喊:"河洛!允诺!你们怎么样?"

包厢内没有声音传来,太白先生踹飞两个红手门的打手,直奔走廊尽头的九号包厢。

包厢的门自内部打开,三个身形曼妙的女人走了出来:"尔等现在退去,殿下还可以当作什么都没发生过。若是再执迷不悟,殿下复活后,定斩杀尔等全族,一个不留。"

"红手门的妖女,你们把允诺与河洛怎么样了?"太白先生用剑指着对面的三个女人。

第六章　登龙术

王少仲拉住太白先生，对冲上楼的金吾卫挥手道："射箭。"

金吾卫的弩箭同时发射。红手门早有准备，她们撑起厚实的盾牌，抵挡箭矢。金吾卫们横刀出鞘，冲入茶肆之中。

太白先生剑光闪闪，一个人打两位红手门妖女不落下风。

王少仲不愧是金吾卫大将军，他一把横刀所向披靡，将另一个红手门妖女逼得节节败退。

九号包厢就在眼前，王少仲一刀刺出，伸腿踹向九号包厢的门。

这时，一位白发的老妪，手拄龙头拐杖，出手两招，便将王少仲逼退到角落。王少仲瞄着老妪腰间的令牌，儿时的记忆涌了上来。他出身世家，自幼随父亲和兄长出入富贵的乌头门。那日，公主府宴请，他贪玩落入河塘，多亏一位姐姐出手相救，姐姐的令牌上有两个字：羽嘉。

后来，公主府出事，他再也没有见过羽嘉姐姐。王少仲惊呼道："你、你怎么可能还活着？"

那老妪敲了敲拐杖，发出阴冷的诡笑声："我羽嘉婆婆是公主府的旧人，在宫中自然有些人脉，怎么可能被那昏君毒死？昏君气数已尽，老婆子劝王将军一句，早日弃暗投明还有活路可走，不然……"

"闭嘴。"王少仲清醒过来，羽嘉姐姐已死，眼前是谋逆的羽嘉婆婆，他捡起横刀扑了上来。

羽嘉婆婆手中龙头拐杖挥舞，与横刀碰到一起，龙头拐杖与横刀同时飞了出去。

"将军小心。"太白先生一手持剑，一手抓住王少仲脱手的横刀，挡在了王少仲与羽嘉婆婆中间。

王少仲拿回自己的横刀，两人联手，再一次与红手门的妖女和羽嘉婆婆战在一起。九号包厢越来越近，羽嘉婆婆与三位红手门的圣女节节败退。

太白先生踹开九号包厢的门，门内空无一物，就连允诺休息的床都不见了。

王少仲见太白先生发愣，帮他挡住了红手门妖女的飞镖："人呢？"

"不见了。"太白先生双眼泛红地看向刚刚埋伏在房间内的三位红手门妖女与羽嘉婆婆。

轰！

重楼又是一阵剧烈的摇动。太白先生与王少仲脚下的地面裂开，两个人惊呼着消失在了众人的视线之中。

羽嘉婆婆的脸色骤变，喝问道："怎么回事儿？机关为何又开启了？"

五凤赶忙躬身："奴婢这就去查。"

"别去，殿下复活才是重中之重。"羽嘉婆婆抓住五凤的手，看向裂开的地面。

黑，无限蔓延的黑。

下方的光有些刺眼，王少仲扶住太白先生，两个人警惕地看向四周。

太白先生看着身边的壁画深吸了一口气："跟我走。"

"你来过这？见过这里的壁画？"王少仲防备地问。

太白先生摇头："没来过，但是我知道，这是机关门的活人

第六章　登龙术

宫，太平公主的棺椁，就在这条路的尽头。"

王少仲盯着太白先生，想要在他的脸上看出些什么："你走前面。"

"在王屋山的时候，金吾卫可是和红手门不清不楚，要走，也该是王将军走在前面吧？"太白先生后退两步，两个人四目相对，互不相让。

急促的脚步声从不远处传来，王少仲与太白先生齐齐后退，躲在隧道入口的两侧，熟悉的四个人影出现在他们的视线之中。

手拄龙头拐杖的羽嘉婆婆走在前面，在她身后，跟随着三位红手门的妖女和十几位驱使者。

羽嘉婆婆满脸怒容："废物，这么长时间，还没有抓到允诺那丫头，养你们有什么用？坏了殿下复活的大事儿，我把你们全都喂给血藤。"

"若不是他们知晓隧道暗门的布置，我们早就抓到他们了。"五凤低声抱怨。

羽嘉婆婆抬起手就是一巴掌："他们知晓暗门的位置，你们不知晓？近百人抓不到两个人，还狡辩。"

"婆婆，小五错了，小五再也不敢了。"五凤含着泪水，低头认错。

羽嘉婆婆沉着脸，深叹一口气，眼角的皱纹裹挟着湿润的泪。她困在这地宫多久了，她已经记不清了。当年，她拼死保护公主的尸身，主动走入地宫。在这些黑暗的日子里，她一遍遍筹划大计，一遍遍祈祷上苍。

苍天有眼，她终于等到了这一天。

羽嘉婆婆挺直腰板，指向前方的隧道入口道："去看看，掉下来的那两个家伙还在不。"

"是，婆婆。"五凤抽出佩剑，警惕上前。

王少仲手握横刀，直刺五凤的颈部。五凤早有防备，挥剑挡住了王少仲手中的刀，可却没想到，一柄长剑刺穿了她的后心。

五凤惨叫一声，被王少仲踹到了老妪身边。

老妪没去看五凤的尸体，她挥动手中的龙头拐道："杀。"

太白先生拉住欲上前的王少仲道："他们人多，走这边。"

"土鸡瓦狗，何足道哉。"王少仲踹翻冲过来的两人，战意翻腾。

太白先生劝道："双拳难敌四手，隧道内可战之地繁多，将军何故心急？寻到允诺才是重中之重。"

"先生所言极是，少仲一时慌了神，您在前面带路，我来给您断后。"王少仲听到允诺之名，冷静下来。

重楼茶肆的红手门贼人被屠光后，金吾卫开始打扫战场。

"兄长，兄长。"杜子美一边大喊，一边推开拦在面前的金吾卫，"我兄长之前与王将军一起对敌红手门，他在何处？"

"我们也在寻找，王将军也不见了。"金吾卫拱手答。

杜子美看向二楼包厢内的残桌断椅，向走廊的尽头走去："红手门的目标是允诺道长，她和我那徒儿之前在九号包厢。兄长与王将军若是失踪了，定也与九号包厢有关。"

"的确如此，二楼的兄弟说，将军、谪仙人和红手门的妖女都进了这个包厢，之后就消失不见了。"金吾卫推开九号包厢的门。

第六章　登龙术

杜子美对九号包厢比金吾卫还要熟悉，他看向四周，并没有发现什么蹊跷："重楼震，地宫现。这一切，应该都是机关门的手笔。"

"先生可有办法开启机关？"金吾卫问。

杜子美摇头："我没办法，可我知晓精通此道之人。"

"谁？"金吾卫的眼睛一亮。

杜子美看向洛河："鬼市，摆渡人。"

允诺与晏河洛背靠背，一边向前走，一边敲击着身边的墙壁。晏河洛盯着身后的隧道，防备着随时可能追来的驱使者。他没想到，江湖中的神秘杀手组织驱使者，竟然是红手门的附庸。

砰。

允诺伸手打开了墙壁上的一扇暗门，她表情严肃地盯着暗门后面的隧道："这地宫中的人路设计很是特别，出口一定出乎意料。"

"红手门的贼人还没追来，道长要不要休息一下？你一直在测算，一定很疲惫吧？"晏河洛忧虑地看着允诺，他很怕允诺因为疲惫再次发狂。

允诺摇头："听我跟你说，每隔八十一步，可开暗门一个，三、五、六、七是生路，一、四、八是死路，若前路难寻，二、九也可入。但进入二、九后，生路便不再是三、五、六、七。"

晏河洛见允诺用手捶打额头，赶忙扶住她道："你先休息，你保持清醒，才是对我最大的帮助。"

允诺抬起头，她的眼睛红得就像兔子："我，我坚持不住了。"

晏河洛怕允诺陷入癫狂，伸手将她打晕，背在背上，快速地

221

向前走去。隧道幽深安静，两个人走时还好，一个人则有种心惊肉跳的感觉。

地宫又剧烈地震颤了一下，晏河洛一个趔趄险些摔倒。左侧的墙壁处有两扇暗门打开，香儿和十几个驱使者冷冷地看着晏河洛和他背上的允诺。

"交出允诺，饶你不死。"香儿指着晏河洛。

晏河洛冷哼："休想。"

"那就没什么好说的了，拿下。"香儿后退两步，她的手下挥舞着手中的刀冲向了晏河洛。晏河洛抬起手，冲上来的驱使者脚步一顿："小心石子。"

晏河洛嘲讽道："江湖中让人闻风丧胆的驱使者竟然会害怕几颗石子。我的石子，早就丢没了。"

"奸诈。"停下脚步的驱使者咬牙切齿，再次上前，晏河洛又一次抬起了手。

砰砰砰。

碎裂的石子砸在冲过来的驱使者身上，有人捂着眼睛，有人手中的刀落在地上，惨叫声在隧道内此起彼伏。

晏河洛趁此机会疾步向前，推开一扇暗门，走了进去。

香儿踹开哀号的驱使者，看向隧道，晏河洛与允诺已经消失不见。她恼火地抓住跟在身边的老者问："周鲁匠，是不是你的人泄露了地宫的设计图？晏河洛那小贼为何会知晓暗门的位置？"

"没有啊，此宫乃是我机关门秘传的活人宫，只有鲁墨两脉的长老知晓暗门与生路的位置。"周鲁匠瑟瑟发抖。

一直陪在香儿身边的鸾女道："自筹建活人宫起，他便没再

第六章　登龙术

与我分开。晏家的小贼知晓活人宫的暗门与生路，应该与计墨巧那厮有关。"

"对，肯定是计墨巧。"周鲁匠赞同地点头。

香儿松开周鲁匠，对鸢女道："你们夫妻最好不要耍花招。若被我查出来，你们那一双儿女……"

"不敢，不敢。"周鲁匠连连摇头。

鸢女眼圈泛红："小妹，我怎会做出背叛殿下之事。"

王少仲与太白先生边打边退，在误打误撞中开启了两道暗门，可依旧没能逃脱驱使者的追踪，好在隧道狭窄，他俩有地势之利，一直占据上风。

王少仲看向身边的墙壁道："我刚刚听到了打斗声。"

"应该是允诺和晏河洛。"太白先生的眼睛一亮，他拍打墙壁，企图打开墙壁上的暗门。可惜的是，他身边的墙壁并没有打开，反倒是前方不远处的位置，一群人走了进来。

香儿见隧道中竟然有两个熟人，说道："没想到，这里还有两只老鼠。"

"动手。"王少仲大喝一声，冲向香儿，太白先生挥动手中宝剑，拦下了后面的追兵。

隧道中刀光剑影，惨叫声此起彼伏。

"轰"，地宫又一次震颤起来。

周鲁匠看向手中的九宫八卦罗盘，脸色大变，喊道："兑门被破，有人在外面把地宫的门破开了。"

"抓允诺，别再管这两个家伙了。"苍老的喊声在隧道内回荡。

红手门弟子纷纷应声:"是,婆婆。"

杜子美看着面前被暴力破坏的地宫入口问:"你们确定,这样打开地宫不会触发里边的机关?"

"先生别再为难我了,我若能懂活人宫的机关,就不会在鬼市做摆渡人了。"被金吾卫抓来的摆渡人满脸苦涩。

一个金吾卫拔出刀道:"别啰嗦,带路。"

"不是说打开宫门就放我们离开吗?"摆渡人抱怨着走进了地宫隧道。

金吾卫看向杜子美道:"先生与我们同去,还是等在外面?"

"我还是不拖几位将军的后腿了。"杜子美有自知之明,没有走进地宫。

允诺被地宫的又一次震动惊醒,她呻吟一声看向四周:"河洛,你受伤了。"

"皮外伤。你怎么样,好些了没?"晏河洛将允诺放下,关切地看着她。

允诺点了点头:"无大碍了,这是第几暗门后面的生路?"

"最开始我还记得你说的几号暗门什么的,后来跑得太匆忙,就忘记了。我也不知道这是第几暗门。"晏河洛有些尴尬地说。

允诺看向身边的墙壁,想要在墙壁上寻找出蛛丝马迹。她计算着距离最近的暗门位置,伸出手,敲开了那扇暗门。

满身伤痕的王少仲冲进来,见到允诺和晏河洛,他转过身,拦在了暗门口:"不良人,快带着允诺跑,地宫兑门开了,我的人在外面,只要允诺逃出去,他们的阴谋就泡汤了。"

"允诺在这儿。哈哈哈,王将军,多谢你为我们引路。"香儿

第六章 登龙术

的笑声从暗门另一边传来。

允诺和晏河洛对视一眼,两个人都没有退。允诺接过了晏河洛递给她的宝剑,走到暗门旁道:"这条道是死路,想离开地宫,必须走外面那条路。"

"早知道是这样,我就该让谪仙人往这边跑,他伤得比我轻。你俩跟紧了,我来开路。"王少仲大喝一声,冲向了香儿和羽嘉婆婆。

羽嘉婆婆冷哼一声:"还没吃够苦头,那就再让你见识下我的龙头拐。"

"老太婆不要说大话,我这袖子里的石头还给你留着呢。"晏河洛挥了挥手。

曾被他戏耍过的驱使者不善地盯着晏河洛。

香儿的目光落在允诺的身上,挥手道:"动手。"

太白先生手持长剑谨慎地向前走着,追杀他的几个红手门贼人已经死在了他的剑下。他刚刚推开暗门的时候,听到有密集的脚步声向这边传来,便藏在暗门一侧偷偷观察。

摆渡人一边向前走,一边抱怨,突然发觉前面有一扇暗门,他眼睛一亮道:"你们看,我就说这隧道是有暗门的。生路在暗门后面,一直往前走只是在原地绕圈。"

"金吾卫?"太白先生从暗门后走了出来。

金吾卫惊喜地道:"谪仙人,您在这,我们将军呢?"

"我和王将军被驱使者追杀,在半路分开了。你们来得太及时了,跟我走,我带你们去救王将军与允诺。"太白先生紧绷的神经终于放松了一些。

225

王少仲挥刀的手已经变得麻木,他不知道自己刚刚杀死了多少人,也不知道自己铠甲上的鲜血究竟是自己的还是敌人的。好在,他们杀了出来。

"休息会儿吧。他们没有追来。"晏河洛靠墙坐下,大口地喘着气。

允诺望向身后漆黑的隧道点了点头:"如果我没有计算错的话,前面应该就是出口了。"

"真的吗?太好了。"王少仲的脸上难得露出一丝笑容。

允诺敲了两下墙壁,又一扇暗门打开:"这边走是死路,直接走是生路。这扇门不要关,让他们以为咱们走了这里。"

"好。"王少仲点了点头,他伸手拽了下晏河洛道,"小不良人,出去再休息,走了。"

"我要吃羊肉,吃羔羊肉。"晏河洛嘟囔着站起身。

王少仲拍着晏河洛的肩膀:"我请你,吃到饱。"

随着三人一步步向前,隧道逐渐变得明亮,可出现在他们面前的却并不是出口,而是一座冰山。

香儿带着驱使者早已在这里等候多时,她大笑着挥动手中的红绫:"你们走得太慢了。"

允诺呆愣着看向冰山道:"错了,这条路竟然不是生门,而是死门。"

"允诺,闪开啊,你在干吗?"晏河洛大喊着扑向允诺,可却慢了一步。允诺被红绫捆住,拽到了香儿的身边。

羽嘉婆婆兴奋地催促道:"去神台,准备祭祀。"

"休想!"王少仲大喊着冲向允诺。

羽嘉婆婆挥动手中龙头拐道:"拦住他们两个。"

香儿抱着允诺向冰山走去,红绫中的允诺失了神,呆呆地盯着冰山,喃喃自语。

晏河洛与王少仲根本冲不破红手门贼人的防线,只能眼看着允诺被吊在冰山之上。

香儿摘下自己的金钗,划破允诺的手腕,鲜血流入神台上的藤蔓,整个地宫随之震颤起来。

香儿跪拜在祭台下方,虔诚地欢呼:"殿下,殿下……"

尾声 天姥书

梦游天姥吟留别
【唐】李白

海客谈瀛洲,烟涛微茫信难求,
越人语天姥,云霞明灭或可睹。
天姥连天向天横,势拔五岳掩赤城。
天台四万八千丈,对此欲倒东南倾。
我欲因之梦吴越,一夜飞度镜湖月。
湖月照我影,送我至剡溪。
谢公宿处今尚在,渌水荡漾清猿啼。
脚著谢公屐,身登青云梯。
半壁见海日,空中闻天鸡。
千岩万转路不定,迷花倚石忽已暝。

尾　声　天姥书

熊咆龙吟殷岩泉，栗深林兮惊层巅。

云青青兮欲雨，水澹澹兮生烟。

列缺霹雳，丘峦崩摧。

洞天石扉，訇然中开。

青冥浩荡不见底，日月照耀金银台。

霓为衣兮风为马，云之君兮纷纷而来下。

虎鼓瑟兮鸾回车，仙之人兮列如麻。

忽魂悸以魄动，恍惊起而长嗟。

惟觉时之枕席，失向来之烟霞。

世间行乐亦如此，古来万事东流水。

别君去兮何时还？且放白鹿青崖间。须行即骑访名山。

安能摧眉折腰事权贵，使我不得开心颜！

29

风声在地宫中回荡，仿佛古老的咒语吟唱，回响在每一个角落。允诺，这个看似平凡的女子，此刻却成为众人命运的焦点。她的身体里蕴藏着无穷的力量，随着一声凤鸣，一只金色的凤凰从她体内破茧而出，与天空中盘旋的两只金凤会合，三者的光辉照亮了整个地宫。

三只金凤的火焰交织在一起，它们的力量是如此巨大，水汽蒸腾，地宫内变得炽热无比。

香儿负了伤，手中的横刀已被鲜血染成了朱红色。她的眼中闪烁着疯狂的光芒，口中念念有词："大成，大成了，殿下大成，长生不老。"她的言语中透露着虔诚。

"休得妄语！"她的话语被一声怒喝打断，太白先生和王少仲带领金吾卫及时赶到，又是一场激烈的混战。

王少仲一边挥剑，一边大声疾呼："快去救允诺！"

金吾卫接到命令，毫不犹豫地冲向祭台，但就在他们即将到达的时候，一面巨大的盾牌凭空出现，如同守护神一般挡在了入口之处。

香儿咬牙切齿，她的面容因愤怒而扭曲，她怒视着太白先生，咒骂道："谪仙人，又是你坏我好事儿。"她的红绫如同活物一般，紧紧捆住了允诺，同时她的软剑舞动，与太白先生的剑光交织在一起。

这时，三只金凤似乎感受到了允诺的危机，它们发出了哀鸣，展翅高飞，最终化作三道金光，融入了允诺的身体。

随着金凤的力量注入，允诺体内的莲花枯萎，血藤爆裂，而冰棺内的尸体也在这一刻化作枯骨。看似终结，却未终结。

香儿崩溃地大喊："殿下，殿下……"晏河洛找准机会，救下允诺。前来的羽嘉婆婆见到冰棺内的枯骨，脸色死寂地挥动龙头拐，晏河洛、允诺和香儿站立不稳，四人同时落入棺内。

这是一条漫长而狭窄的密道，是真正的墓室。香儿并不知情，她惨死在了墓室的刀刃之下。

晏河洛搀扶着允诺挣扎在悬崖之上，悬崖下深不见底，阴风习习。"这是哪里？"允诺虚弱地问。

"公主，公主……"羽嘉婆婆疯狂地喊着，失去理智。

"看样子，这是真正的地宫。想来，太平公主算定自己无法

尾　声　天姥书

更改天命，留了后手。只是，这后手到底是什么？"晏河洛小心翼翼地瞄着四周，如今的少年在两位师父的教授下，已成长为遇事不惊的英才。允诺紧随其后，不敢有半分差池。

两人避开羽嘉婆婆走了出去，不知道走了多久，终于到了墓室的尽头，前方无路，只有冰冷的石壁。允诺焦急地抚摸着冰冷的石壁，失望地喊道："怎么会没有路了？"

晏河洛警觉地寻找着出口，目光却被石壁上诡异血腥的壁画吸引，这里的壁画与之前的壁画完全不同。眼前的壁画是彩色的，确切来说是血色的，虽然看起来年代久远，但依稀可以辨别出壁画上的图案。石壁上画着无数的怪兽，每个怪兽的嘴里都咬着大眼球，每个大眼球都像是被赋予了生命一样，流露出恐惧、绝望、仇恨、愤怒的眼神。在石壁的左侧，画着一个冒着热气的木鼎，奔跑中的怪兽争先恐后地冲向木鼎，将大眼球甩入木鼎。落入木鼎里的大眼球立刻失去了生机，由分明的黑白色变成血红色，好像一个个血红的蛋卵挤在热锅中，等待着主人的烹煮。

晏河洛陷入了深深的困惑，大眼球代表什么？他将目光转到右侧血腥的壁画上。这时，他才明白，三幅壁画是从左至右排列的，这才是第一幅。这幅壁画描绘了怪兽之间争夺大眼球的情景，每个大眼球对应着墓室入口壁画中小人的头。他们被猛兽的獠牙拧断脖子，咬下头颅，倒在血泊之中。一群口衔大眼球的怪兽又疯狂地互相撕咬，争夺着最大、最亮、最圆的那颗大眼球。无数的大眼球在争夺中被怪兽践踏、碾碎、吞食，而在木鼎中被烹煮着的大眼珠却始终安安静静，仿佛完成了一生的使命，得到了永生的轮回。

看着血腥的壁画,晏河洛的心情压抑到了极点,他的脑海中也出现了血淋淋的大眼球,血红色冲荡着他的瞳孔,死死禁锢着他的躯体,他无法逃脱,只能发出痛苦的嘶鸣:"啊!"他身后的允诺同样陷入了疯狂的臆想。两人记忆深处最痛苦的回忆被无情地重现,越挣扎越刺痛,越挣扎越烦躁,他们仿佛陷入了深深的泥潭,只能眼睁睁地看着泥浆将他们吞噬。

"哈哈,公主,公主……"羽嘉婆婆双眼血红地从暗处跑出来,她陷入了疯癫,直勾勾地奔向断崖,跳了下去,"公主……"

晏河洛和允诺跟上了她的脚步。突然间,允诺的耳边响起师父那低沉的声音:"允诺,世上本无仙道,尊重先人,顺应天命,在漫漫岁月里,我们都是过客,在先知面前,我们都是平凡人。你如果遇到危险,一定要顺应内心中最真实的想法,不要做无谓的挣扎。"她狠狠地咬着唇,闭上双眼,大声重复师父的话语:"河洛,闭上眼睛,不要做无谓的挣扎,顺应内心中最真实的想法。"

晏河洛听话地闭上了眼睛,两人平息着躁动不安的心。那些痛苦绝望的大眼球依然在仇恨地盯着他们,似乎要将他们推入地狱,永世不得超生。他们想逃,却无路可逃,只能不停地后退,退到了木鼎旁边。冒着热气的木鼎浑身散发着魔力,稀释着他们的恐惧、不安和绝望。他们的心安静了,神色平和地看向木鼎,透过鼎口缭绕的热气,他们看到:木鼎深处是熊熊的烈火,烈火中有无数个面带微笑的小人,正祥和地睁着大眼睛对他们招手。那些手势就是跟随的咒语,他们不约而同地举起了手,就像招手的小人一样,决然地纵身跳入木鼎。冷,彻骨的寒冷,鼎内熊熊

尾声 天姥书

的烈火竟然比千年寒冰还要冷,他们瑟瑟发抖地抱住了双肩。那些带着祥和微笑的大眼球忽然变了嘴脸,露出贪婪的凶相。充满恐怖的大眼球将他们团团围住,邪恶地靠拢,大眼球们滚在他们身上,撕咬他们的肉,吞噬他们的骨,吸食他们的血。他们没有挣扎,平静地看着自己的肉被一块块撕下,骨被一块块啃噬,血被一口口吸走,他们在接受着地狱之鞭的审判。瞬间,他们觉得自己解脱了,不再寒冷,不再害怕,不再为人情冷暖而悲欢喜怒,因为他们也变成了木鼎里的大眼球,他们和所有眼球挤在一起,露出相同的笑容,仰望着鼎口,等待着下一个猎物的到来。

"啊!"两人从幻境中惊醒,手心已是冷汗淋漓。原来一切都是虚幻的假象,生死轮回不过是心中的贪念和欲望。

晏河洛舒展着胸口的郁结,他指向壁画:"我在古书上看过,轮回的壁画是用人的鲜血画上去的,只有这样,壁画才会通灵、灵验。"

脸色苍白的允诺震惊道:"你是说——活祭?"

晏河洛微微点头,依然沉浸在恐惧中的允诺激动地咳嗽,面对可怕的幻境,她的指尖都在颤抖,说道:"这里到底藏着什么秘密?"

晏河洛握住她冰冷的手,应道:"那我们就去看看秘密到底是什么。"

"出口在哪?"允诺不解。

晏河洛指向壁画中血腥的木鼎:"我猜测鼎内那颗最大的眼球就是机关,能够开启墓室。"他仔细摸索着木鼎内每一个血红色的大眼球,却纹丝未动。

允诺想了想,说道:"我来。"她的手伸向壁画。伴随着一声巨响,冰冷的石壁上开启了圆形的石门。

轰隆隆,万丈光芒从冰棺折射而出,投在墙壁上,那仿佛是一座缥缈的宫殿。晏河洛和允诺就站在冰棺前,仿佛从未离开过。王少仲和太白先生也都盯着虚幻的画面。

每个人都在那座缥缈的宫殿里找到了幻象中的自己和大唐。

王少仲的脸色很差,费解道:"那是什么?"

"长生殿。"允诺的眼神变得迷离,"长生殿,保长生,大唐永长生。"

王少仲皱眉:"为何我不知此殿?"

轰隆隆,巨大的震动再次传来。"快走,这里要塌了。"晏河洛大喊。果然,地宫剧烈震颤,莲台与冰玉棺椁渐渐消失在幻境之中。

地宫内的追随者们失去了内心的寄托,皆随幻境而去。晏河洛、允诺、王少仲、太白先生拼命地奔向地宫入口。

众人平安地站在重楼上,远处的湖面波光粼粼,岁月静好。

"洛水无恙了。"晏河洛说道。允诺看着平静的水面,欣慰地说道:"我也应该回去了。"

"长生殿到底是什么?"王少仲问。晏河洛沉思片刻应道:"她们想保太平公主长生,却不知太平公主的秘密是保大唐长生。"

"这……"王少仲顿住。太白先生和杜子美相视无语,看向那轮西沉的红日。

尾　声　天姥书

　　时间的车轮开始运转，纵有万般遗憾，谁也不能扭转乾坤。秘密、长生、不甘和所有都湮灭而去。

　　这就是命运！

　　数月后，洛邑城人来人往，天津桥繁华如初，尤其是重楼茶肆，更是热闹喧嚣。

　　两位儒生正在品茶，年纪略长的儒生喝了口茶汤，笑着道："贤弟，可曾听闻芮挺章所编的《国秀集》？"

　　"当然知道，《国秀集》选录了八十五位诗人，共三卷二百一十八首诗词。"年轻的儒生笑着说道，"可惜啊，可惜。那《国秀集》中一首谪仙人的诗都没有，一篇不录。"

　　"贤弟啊，你太年轻了。一首不录自有一首不录的道理。哈哈……"

　　"一首不录，一首不录，甚好，甚好。"一位男子坐在马车上，洒脱地喝着酒，"安能摧眉折腰事权贵，使我不得开心颜……"

　　晏河洛与允诺站在一处高坡，遥望着疾驰的马车，渐渐地，渐渐地，离开洛邑城……

全文完